젊은 예술가의 초상

일러두기

• 이 책은 James Joyce, 『*A Portrait of the Artist as a Young Man*』(Project Gutenberg, 2003)을 참고했습니다.

A Portrait of the Artist as a Young Man

젊은 예술가의 초상

제임스 조이스 지음

살림

제임스 조이스

제임스 조이스는 1882년 아일랜드 더블린 남쪽 교외 라스가에서 아버지 존 스타니슬로스 조이스와 어머니 메리 제인 조이스의 장남으로 출생했다. 모두 15남매였으며 그중 10명만이 살아남았다. 가정 형편이 나빠지자 11세 되던 해 더블린으로 이사해 이곳저곳으로 옮겨 다녔다. 22세 되던 해에 「예술가의 초상」이라는 미학에 관한 산문을 썼으나 역시 잡지 등재를 거절당하고 제목을 『스티븐 히어로』로 바꾸어 1908년부터 장편소설 개작에 착수했다. 1914년 「에고이스트」지에 작품명을 『젊은 예술가의 초상』으로 바꾸어 연재하고 1916년 뉴욕에서 우선 출간하고 1917년 런던에서 출간했다.

제임스 조이스 다리

아일랜드 더블린의 리피강을 가로지르는 다리. 제임스 조이스의 이름을 따 '제임스 조이스 다리'라 붙였다.
스페인 건축가 산티아고 칼라트라바(Santiago Calatrava)가 설계했으며 2003년 6월 16일 개통되었다.

아일랜드 구 화폐

아일랜드 작가인 제임스 조이스는 아일랜드 구 화폐 인물이기도 했다. 아일랜드 화폐 단위는 파운드를 쓰다 현재는 유로를 사용하고 있다.

젊은 예술가의 초상 **차례**

그리고 그는 그의 마음을 미지의 기술로 돌렸다.

-오비디우스, 『변신 이야기』 제8권 18행

제1장

옛날 옛적 아주 좋았던 시절에 음매 소가 길을 따라 내려오고 있었는데, 길을 따라 내려오던 그 음매 소가 터쿠라는 이름의 멋진 꼬마를 만났단다.

그의 아버지가 그에게 그 이야기를 해주었다. 아버지는 안경 너머로 그를 보고 있었다. 아버지 얼굴에는 수염이 텁수룩했다.

그 애는 베이비 터쿠였단다. 음매 소는 베티 번이 사는 길을 따라 내려왔지. 베티 번은 레몬 사탕을 팔고 있었단다.

오, 작고 푸른 들판에
들장미가 피어 있었네.

그의 아버지는 노래를 불러주었다. 그 노래는 그의 18번이었다.

침대에서 오줌을 싸면 처음에는 뜨뜻하지만 이내 차가워진다. 그의 어머니는 기름종이를 깔아주었다. 그 냄새가 이상했다.
어머니에게서는 아버지에게서보다 좋은 냄새가 났다. 어머니는 아버지가 춤을 출 수 있도록 뱃사람들의 춤곡을 피아노로 연주했다.

트랄랄라 랄라
트랄랄라 트랄랄라디
트랄랄라 랄라
트랄랄라 랄라

찰스 할아버지와 작은할머니가 박수를 쳤다. 그들은 아버지와 어머니보다 나이가 많았고, 찰스 할아버지가 작은할머니보다 나이가 더 많았다.
밴스네는 7번지에 살았다. 그 가족에게도 아버지와 어머니가 있었다. 그들은 아일린의 아버지와 어머니였다. 어른이 되면 그는 아일린과 결혼할 생각이었다. 그가 탁자 밑에 숨었다. 그

제1장

의 어머니가 말했다.

"오, 스티븐이 사과한대요."

작은할머니가 말했다.

"그래야지. 안 그러면 독수리가 와서 눈알을 빼낼 거야."

눈알을 뺀대요.

잘못을 빌어요.

잘못을 빌어요.

눈알을 뺀대요.

잘못을 빌어요.

눈알을 뺀대요.

눈알을 뺀대요.

잘못을 빌어요.

***

넓은 운동장에 남자아이들이 떼 지어 있었다. 모두들 소리를
지르고 있었고 선생들이 큰 소리로 아이들을 격려하고 있었다.

저녁 공기는 흐릿하고 차가웠다. 축구 선수들이 공격하고 부딪힐 때마다 가죽 공이 회색 햇살을 뚫고 육중한 새처럼 날아갔다. 그는 거친 발들을 피해 담임 눈에 띄지 않도록 라인 가장자리를 어정거리면서 가끔씩 뛰는 척만 했다. 그는 축구 선수들 가운데서 자기 몸이 작고 약하다고 느꼈다. 그는 눈도 나빴고 눈물이 자주 고였다.

아이들은 그에게 거친 말을 하곤 했다. 어머니는 그에게 학교에서 거친 아이들과는 이야기를 하지 말라고 했다. 멋진 어머니! 첫날 학교 현관에서 작별 인사를 할 때 어머니는 그에게 키스를 하려고 베일을 접어 코까지 걷어 올렸다. 어머니의 코와 눈이 붉게 물들어 있었다. 그러나 그는 어머니의 울음이 터지려는 모습을 못 본 척했다. 어머니는 멋졌지만 울 때는 그렇지 않았다. 그리고 아버지는 그에게 용돈으로 5실링짜리 은화를 두 닢 주었다. 아버지는 뭐든 원하는 게 있으면 집으로 편지를 하라고 말했으며 무슨 일이 있어도 친구를 고자질하지는 말라고 말했다. 아버지와 어머니는 현관에서 교장과 작별 인사를 했고, 아버지와 어머니는 마차를 타고 떠나갔다. 그들은 마차 안에서 손을 흔들며 소리쳤다.

"안녕, 스티븐, 잘 있거라!"

"안녕, 스티븐, 잘 있거라!"

운동장 저 멀리서 외치는 소리가 들렸다.

"모두 안으로!"

진흙투성이 선수들은 얼굴이 상기된 채 모였고 그도 그들 사이에 끼었다. 안으로 들어간다는 것이 기뻤다.

산수 시간이었다. 아놀 신부가 칠판에 어려운 문제를 써놓고 아이들에게 말했다.

"자, 누가 이길까? 요크, 어서 풀어봐! 랭커스터, 어서 풀어봐!"

스티븐은 최선을 다했다. 하지만 덧셈은 너무 어려워서 혼란스럽기만 했다. 그는 덧셈을 잘하지 못했지만 요크 팀이 지지 않도록 최선을 다했다. 그의 가슴에 꽂혀 있는 하얀 장미 문양 배지가 흔들렸다. 아놀 신부는 웃고 있었다. 잭 로턴이 손가락을 튕겨 소리를 냈고 아놀 신부가 그의 공책을 보더니 말했다.

"맞았어! 브라보 랭커스터! 붉은 장미가 이겼다. 자, 요크 팀, 힘내라!"

스티븐은 얼굴이 달아올랐다. 잭 로턴과 스티븐은 반에서 수석을 다투고 있었다. 둘은 번갈아 수석 카드를 받았다.

종이 울리고 학생들이 교실에서 나와 줄지어 식당으로 향했다. 그는 빵은 먹지 않고 차만 마셨다. 하인이 따라준 차를 마시지 않고 집에서 깡통에 담아 보내준 코코아를 마시는 아이들도 있었다. 그 애들은 차가 너무 맛이 없다고 했다. 애들 말로는 그 애들 아버지는 모두 치안판사라고 했다.

그가 빵을 먹지 않고 차만 연거푸 두 잔 마시는 것을 본 플레밍이 그에게 물었다.

"왜 그래? 어디 아파? 아니면 무슨 일 있어?"

"모르겠어." 스티븐이 대답했다.

"배가 아픈가보지. 얼굴이 새하얗게 됐어. 괜찮아지겠지." 플레밍이 말했다.

"그래." 스티븐이 말했다.

하지만 배가 아픈 게 아니었다. 만약 마음이 아플 수 있다면 바로 거기가 아픈 거라고 그는 생각했다. 그런 걸 물어주다니 플레밍은 꽤 친절한 아이다. 그는 울고 싶었다.

식사가 끝나고 모두들 휴게실로 갔다. 웰스가 스티븐에게 와서 말했다.

"말해봐, 디덜러스. 너 자기 전에 엄마에게 키스하니?"

스티븐이 대답했다.

"응."

그러자 웰스가 다른 학생들을 돌아보며 말했다.

"애들아, 애는 잠자러 가기 전에 자기 엄마한테 키스한대."

다른 아이들은 하던 게임을 멈추고 돌아보며 웃었다. 스티븐은 얼굴을 붉히며 말했다.

"아니야."

그러자 웰스가 말했다.

"오, 여기 잠자러 가기 전에 엄마에게 키스도 하지 않는 애가 있네."

그들은 모두 웃었다. 스티븐도 그들을 따라 웃으려 했지만 온몸이 화끈거리고 어지러웠다. 도대체 어떤 게 맞는 답이지? 두 가지 대답을 했는데 웰스는 둘 다 비웃었다. 웰스는 상급반이었으니 분명 답을 알고 있으리라. 하지만 그는 고개를 들어 웰스를 바라볼 수 없었다. 그는 웰스의 얼굴을 좋아하지 않았다. 그저께 웰스는 밤을 사십 개나 땄다는 자기의 밤 치기 장난감을 스티븐의 코담배갑과 바꾸자고 했었다. 스티븐이 싫다고 하자 그는 스티븐을 어깨로 시궁창에 밀어 넣었었다. 그건 비열한 짓이었다. 모든 친구들이 그렇게 말했다. 시궁창 물은 얼마나 차갑고 끈적거렸던지! 누군가 그 구정물로 커다란 쥐가 뛰어드는 것을 보았단다.

스티븐은 정답이 무엇인지 알아내려고 애썼다. 어머니에게 키스하는 게 옳은 건가, 틀린 건가? 키스한다는 게 무슨 뜻이지? 얼굴을 치켜들고 "안녕히 주무세요"라고 말하면 어머니는 얼굴을 아래로 기울였다. 그게 키스였다. 어머니는 그의 뺨에 입술을 댔다. 어머니 입술은 부드러웠고 그의 뺨을 촉촉하게 적셨다. 입술이 뺨에 닿을 때 작은 소리도 났다. 키스. 왜 사람들은 얼굴을 맞대고 그런 걸 하는 거지?

그는 자습실에서 지리 교과서를 폈다. 그러나 미국의 지명들을 익힐 수 없었다. 그것들은 여전히 다른 이름을 가진 다른 곳이었다. 그것들은 모두 다른 나라들에 속해 있었고, 다른 나라들은 대륙들에 속해 있었으며 그 대륙들은 세계 안에 있었고, 세계는 우주 안에 있었다.

그는 교과서 앞쪽 여백 페이지를 펼치고 그가 그곳에 써놓은 것을 읽었다. 자기 자신의 이름과 소속이었다.

스티븐 디덜러스
초등부
클론고우즈 우드 학교
살린스

킬데어 카운티

유럽

세계

우주

우주 다음에는 무엇이 있는 걸까? 아무것도. 하지만 우주 주변에는 그 아무것도 아닌 곳이 시작되기 전에 우주가 어디서 끝나는지 보여주는 그 무언가가 있어야 하는 것 아닐까?

그건 벽일 리가 없다. 그곳에는 모든 것을 감싸는 얇디얇은 선이 있을 것이다. 모든 것과 모든 곳을 생각한다는 것은 너무 엄청난 일이다. 오직 하느님만이 그걸 할 수 있다. 그는 그 엄청난 것에 대한 생각을 하려 애썼다. 그러나 오로지 하느님만이 생각날 뿐이었다. 세상 다른 나라 사람들이 아무리 다른 이름으로 하느님을 불러도 하느님은 다 알아듣고 응답하신다. 아무리 다른 이름으로 말해도 하느님은 하느님이고 그래서 하느님의 진짜 이름은 하느님이다.

그렇게 머리를 쓰다 보니 골치가 아팠다. 그는 잠시 정치 생각을 했고 정치 문제로 식구들이 싸움을 하는 걸 생각했다. 작은할머니는 한쪽 편이었고 아버지는 다른 쪽 편이었다. 엄마와 찰스 할아버지는 어느 쪽 편도 아니었다.

그는 정치가 무엇을 뜻하는지 몰라서, 우주가 어디서 끝나는지 몰라서 괴로웠다. 그는 자신이 작고 약하다고 느꼈다. 언제쯤 자신이 시나 웅변에 나오는 사람처럼 될 수 있을까? 그들은 모두 목소리가 우렁찼고 커다란 신발을 신었으며 삼각법을 공부했다. 그건 아주 먼 이야기였다. 우선은 방학이 올 것이고 그다음에는 다음 학기가, 이어서 또 방학, 또 다음 학기, 또 다음 방학이 올 것이다.

이제 기도만 하고 자면 된다. 밤 기도 종이 울렸다. 그는 다른 학생들을 따라 자습실에서 나와 예배당으로 갔다. 예배당에서는 차가운 밤의 냄새가 났다. 하지만 그건 거룩한 냄새였다. 그는 마지막 기도문을 외우는 담임의 목소리를 들었다. 그 역시 바깥 나무 아래 어둠을 물리치려는 듯 기도를 했다.

기숙사로 와서 옷을 벗는데 손이 떨렸다. 그는 손가락들에게 서두르라고 말했다. 죽어서 지옥에 가지 않으려면 가스등불이 어두워지기 전에 옷을 벗고 무릎을 꿇고 앉아 기도를 드린 후 잠자리에 들어야 했다. 그는 가스등불이 꺼질까 봐 걱정하며 양말을 돌돌 말아 벗고 재빨리 잠옷을 입은 후 침대 옆에 꿇어앉아 덜덜 떨며 기도를 반복했다.

제1장

19

그는 침대에 누웠다. 방학이 되면 집에 간다! 그건 정말 신나는 일이라고 아이들이 그에게 말했었다.

추운 초겨울 아침 현관 밖에 있는 마차에 오른다. 마차는 자갈길을 굴러간다. 마차는 경쾌하게 시골길을 달려간다. 아이들은 열차에 오른다. 열차는 곧 아이들로 꽉 들어찬다.

열차는 평원을 가로질러 앨런 언덕을 지나쳐 달려간다. 전신주가 휙휙 지나가고 열차는 달리고 또 달린다.

이어서 집 현관의 불빛이 보인다. 온 가족이 다 모였다. 어서 와라, 스티븐! 떠들썩한 환영 소리. 어머니가 그에게 키스한다. 키스하는 게 옳은 건가? 든든한 아버지의 목소리. 어서 와라, 스티븐!

커튼이 젖혀지는 소리가 났고, 세면대에서 물 튀기는 소리가 났다. 일어나서 옷을 입고 씻는 소리가 났고 담임이 계단을 오르내리면서 아이들에게 정신 차리라고 손뼉을 쳐대는 소리가 들렸다.

그는 일어나서 침대가에 앉았다. 기운이 없었다. 그는 양말을 신으려 했다. 까칠까칠하고 거친 느낌이었다. 햇빛은 낯설고 차가웠다.

플레밍이 말했다.

"어디 아프니?"

"잘 모르겠어."

그러자 플레밍이 말했다.

"다시 침대에 누워. 네가 아프다고 말해줄게."

그가 발에 걸쳐 있던 양말을 벗고 다시 따뜻한 침대로 올라가자 한 친구가 그의 팔을 부축해주었다. 그는 시트에 아직 온기가 남아 있는 것을 기뻐하며 시트 안에 몸을 웅크렸다. 아이들이 아침 미사에 가기 위해 옷을 입으며 숙덕이는 소리가 들렸다. 재를 시궁창에 밀어 넣은 건 나쁜 짓이야, 라고 그들은 말했다. 그들의 목소리가 그쳤다. 그들은 가버렸다. 누군가 그의 침대가에서 말했다.

"디덜러스, 스파이 짓 하지 않을 거지? 안 그럴 거지?"

웰스의 얼굴이 그곳에 있었다. 그는 웰스의 얼굴을 보았다. 겁에 질려 있는 것을 알 수 있었다.

"일부러 그런 거 아냐. 일러바치지 않을 거지?"

아버지는 무슨 일이 있어도 친구를 고자질하지 말라고 말씀하셨다. 그는 고개를 저으며 안 이를 거라고 말하면서 기분이 좋았다.

웰스가 말했다.

"일부러 그런 거 아냐. 정말이야. 그냥 장난이었어. 미안해."

그의 얼굴과 목소리가 멀어졌다. 겁이 나니까 미안하다고 말하는 거야. 내가 병에 걸렸을까 봐.

웰스의 얼굴 대신 담임의 얼굴이 나타났다.

"꾀병 아니야?"

"아니에요, 아니에요. 진짜 아파요. 속이는 거 아니에요."

이마에서 담임의 손길이 느껴졌다. 담임의 차갑고 축축한 손이 이마에 닿으니 자신의 이마가 더 뜨겁고 축축하게 느껴졌다. 마치 쥐의 촉감처럼 끈적끈적하고 축축하고 차가웠다.

담임은 일어나서 양호실 마이클 수사에게 가자고 했다. 담임은 그에게 씩씩하게 뛰어가라고 말했고 둘은 복도를 따라 욕실을 지나 양호실로 갔다.

마이클 수사는 양호실 문간에 서 있었고 그의 오른편에 있는 검은 캐비닛 문에서 약 냄새 같은 것이 풍겨왔다. 그건 선반에 놓인 약병에서 나는 냄새였다.

방에는 침대가 둘 놓여 있었고 한 곳에는 학생 한 명이 누워 있었다. 그들이 안으로 들어가자 그가 외쳤다.

"어이, 꼬마 디덜러스네. 무슨 일이야?"

"무슨 일은 무슨 일." 마이클 수사가 대답했다.

누워 있던 학생은 문법반 학생이었다.

그는 침대에 누웠다. 마이클 수사가 나가버리자 문법반 아이는 잠이 들었다.

그곳은 양호실이었다. 그곳에서 그는 아팠다. 사람들이 아버지 어머니에게 편지를 했을까? 신부님 중 한 명이 직접 가서 말하는 게 빠를 텐데. 아니면 자기가 직접 편지를 써서 신부님께 전해달라고 할 수도 있는데.

사랑하는 어머니께

제가 아파요. 집에 가고 싶어요. 오셔서 저를 집에 데려가 주세요.
저는 지금 양호실에 있어요.

사랑하는 아들 스티븐

아, 부모님은 얼마나 멀리 떨어져 있는가! 창문 밖으로는 차가운 햇살이 비치고 있었다. 그는 자기가 죽는 게 아닌가 생각했다. 햇살이 화창한 날에도 죽을 수 있어. 어머니가 오시기 전

에 죽을지도 몰라. 그러면 리틀이 죽었을 때 그랬다고들 하듯
이 예배당에 시체로 누워 있을 거야. 모든 친구들이 슬픈 얼굴
로 검은 옷을 입은 채 미사에 오겠지. 교장 선생님은 검은색과
금색으로 된 법의를 입고 올 거야. 천천히 관을 예배당 밖으로
옮기고 묘지에 묻겠지. 그러면 웰스는 자기가 한 짓을 후회하
며 미안해하겠지. 그리고 종이 천천히 울릴 거야.

　그의 귀에 종소리가 들리는 것 같았다. 그는 자기가 알고 있
는 노래를 천천히 흥얼거렸다.

　　딩동! 성의 종이 울리네.
　　안녕, 엄마!
　　나는 저 낡은 교회 묘지
　　형 옆에 묻어주세요.
　　내 관은 검은색,
　　내 뒤에는 여섯 명의 천사,
　　두 명은 노래하고 두 명은 기도하고
　　두 명이 내 영혼을 데려간다네.

얼마나 아름답고 슬픈 노래인가! '나를 저 낡은 교회 묘지에

묻어주세요'라는 가사는 얼마나 아름다운가! 온몸에 전율이 흘렀다. 얼마나 슬프고 얼마나 아름다운가! 그는 조용히 울고 싶었다. 하지만 자기 때문이 아니라 그토록 아름답고 슬픈 가사 때문이었다. 종소리! 종소리! 안녕히! 오오, 안녕히!

차가운 햇살이 약해지고, 마이클 수사가 쇠고기 수프를 갖고 나타났다. 입이 말라 있어서 국물을 보자 반가웠다. 밖에서는 아이들 노는 소리가 들렸다. 그가 마치 그곳에 있는 것처럼 학교의 하루 일과는 진행되고 있었다.

마이클 수사가 나가자 문법반 아이가 그에게 말을 걸었다. 그는 자기 이름이 어사이이며 자기 집에 경주용 말이 몇 마리 있다고 말했다. 스티븐은 그의 아버지도 분명히 소린의 아버지나 로시의 아버지처럼 치안판사일 거라고 생각했다. 그리고 자기 아버지가 치안판사가 아닌 것을 아쉬워했다. 그런데 아버지는 왜 자기를 다른 아이들처럼 이곳에 보낸 걸까?

창밖을 보니 햇살이 더 약해져 있었다. 운동장에서는 아무 소리도 들리지 않았다. 아마 아이들이 작문 문제를 풀고 있거나 아놀 신부가 성인전을 읽어주고 있겠지.

그에게 아무도 약을 주지 않는 게 이상했다. 아마 마이클 수사가 돌아올 때 가지고 오겠지. 양호실에 가면 냄새가 고약한 것을 마셔야 한다던데. 하지만 그는 전보다 기분이 조금 좋아졌다. '조금씩 천천히 낫는 게 나을지도 몰라. 그러면 책을 읽을 수도 있잖아. 도서관에 네덜란드에 관한 책이 하나 있던데. 멋진 외국 이름들이 많이 나오고 이상해 보이는 도시와 배들 그림도 많이 나오는데. 그걸 보고 있으면 정말 기분이 좋아.'

창가의 햇살은 얼마나 희미한지! 하지만 그것도 좋았다. 벽에서 일렁이는 난로 불빛이 꼭 파도 같았다. 누군가 석탄을 집어넣었고 목소리가 들렸다. 그들이 이야기를 나누고 있었다. 그건 파도 소리였다. 아니면 파도가 일렁이며 자기네들끼리 이야기하고 있는 건지도 모르지.

그에게 달도 없이 캄캄한 밤에, 길고 검은 파도가 일렁이는 바다가 보였다. 배가 들어오고 있는 부두 끝에 작은 불빛이 반짝인다. 많은 사람들이 물가에 모여 서서 항구로 들어오고 있는 배를 바라보고 있는 것이 보인다. 키 큰 남자 한 명이 갑판에 서서 어두운 육지를 바라보고 있다. 부두 불빛에 그의 얼굴, 슬픈 표정의 마이클 수사의 얼굴이 보인다.

"그가 죽었습니다. 관대(棺臺)에 누운 그를 보십시오."

사람들이 슬피 울부짖기 시작한다.

"파넬! 파넬! 그가 죽었다."

사람들은 무릎을 꿇고 슬픔의 탄식을 했다. 작은할머니가 밤색 벨벳 드레스를 입고 어깨에 초록 망토를 걸친 채, 물가에 무릎을 꿇고 앉은 사람들 사이를 당당하게 걸어가는 모습이 보였다.

***

　벽난로 안에서 붉고 높은 불길이 훨훨 타오르고 있는 가운데, 담쟁이 넝쿨 장식이 된 샹들리에 아래 크리스마스 식탁이 차려져 있었다.
　찰스 할아버지는 창문 그늘에 멀찍이 앉아 있었으며 작은할머니와 케이시 씨는 벽난로 양쪽 안락의자에 앉아 있었고 스티븐은 그들 사이 의자에 앉아 따뜻하게 덮혀진 발판 위에 발을 올려놓고 있었다. 디덜러스 씨는 벽난로 위에 놓인 거울에 자기 모습을 비추어보며 콧수염을 다듬고 있었다.
　이윽고 하인들이 들어와 식탁 위에 요리 접시들을 놓았다. 디덜러스 부인이 뒤따라와 앉을 자리를 정해주었다. 모두 자리에 앉자 디덜러스 씨가 손을 음식 뚜껑에 댔다가 급히 떼면서 말했다.

"자, 스티븐."

스티븐은 식사 전 감사기도를 드리기 위해 자리에서 일어났다.

> 오, 주여, 우리를 축복하소서. 주의 은혜로써 저희들에게 내려주신 이 음식들에게도 축복을 내려주시옵소서. 가톨릭: 우리 주 그리스도를 통하여 비나이다. 아멘.

모두 성호를 긋자 디덜러스 씨는 기쁨의 큰 한숨을 내쉬며 접시를 덮고 있던 뚜껑을 들어 올렸다. 스티븐은 단단히 묶여 꼬챙이에 꿰인 채 식탁에 놓인 포동포동한 칠면조를 보았다.

그가 처음으로 참석한 크리스마스 만찬이었다. 그는 푸딩이 나오기를 기다리며 자기가 전에 그랬듯이 애들 방에서 기다리고 있을 남동생들과 여동생들 생각을 했다. 깊고 낮은 옷깃의 이튼 제복을 입고 있자니 이상한 느낌이 들었고 자신이 나이가 든 것 같았다. 그날 아침 어머니가 미사에 갈 옷차림을 한 그를 아버지 옆으로 데려갔을 때 아버지는 눈물을 흘렸다. 아버지는 아버지의 아버지 생각을 했던 것이다.

사람들은 칠면조를 먹으면서 이야기를 하기 시작했다. 칠면

조 고기가 맛있다는 품평을 거쳐 이웃 사람들에 관한 이야기를 나누다가 결국 사람들은 종교와 정치 이야기를 꺼냈다. 작은할머니는 열심히 가톨릭을 옹호하며 개신교도들을 비난했고, 케이시 씨는 사제들을 비난했다. 그리고 작은할머니는 아일랜드 독립운동가 파넬을 야박하게 평가했고 디덜러스 씨와 케이시 씨는 파넬을 옹호했다. 디덜러스 부인이 오늘 같은 날 제발 정치 이야기는 하지 말자고 했지만 소용이 없었다.

어른들의 논쟁을 들으며 스티븐은 케이시 씨가 왜 사제들에게 반대하는지 이해할 수 없었다. 스티븐은 작은할머니가 수녀가 되려다 실패했다는 이야기를 아버지에게서 들은 적이 있었다. 어쩌면 그 때문에 작은할머니가 파넬을 야박하게 평가하는 것인지도 몰랐다. 작은할머니는 파넬의 독립운동을 지지하지만 그가 간통을 저질러서 조국을 배신했다고 비난했다. 사제들이 그를 버린 것, 그래서 그가 죽게 내버려둔 것은 옳다고 주장했다. 스티븐은 생각했다. '그래, 자기가 아일린과 어울리는 걸 작은할머니가 싫어하는 것도 아일린이 개신교도이기 때문일 거야.'

아일린의 손은 길고 희었다. 어느 날 저녁 술래잡기를 하면서 아일린이 자기 손으로 스티븐의 눈을 가렸다. 길고 희었으

제1장

29

며 가늘고 차가웠다. 그건 상아였다. 차고 하얀 것. 그것이 바로 '상아탑'의 의미였다.

결국 파티는 엉망이 되었다. 작은할머니는 "그놈은 지옥에서 온 악마야. 우리가 이긴 거야!"라고 소리 지르며 문을 쾅 닫고 나가버렸고 케이시 씨는 "가엾은 파넬, 나의 왕이시여!"라고 소리치며 머리를 감싸고 흐느껴 울었다. 공포에 질려 얼굴을 쳐든 스티븐에게 눈에 눈물이 가득 고인 아버지의 얼굴이 보였다.

***

아이들이 삼삼오오 모여 이야기를 나누고 있었다.

한 아이가 말했다.

"라이온스 언덕 근처에서 잡혔대."

"누가 잡았는데?"

"글리슨 선생님하고 교감 선생님이. 마차에 타고 있었대."

플레밍이 물었다.

"그런데 왜 도망간 거지?"

세실 선더가 대답했다.

"내가 알아. 교장 선생님 방에서 돈을 슬쩍했대."

"돈을 슬쩍한 건 누군데?"

"키컴의 형이래. 그런 후 그걸 나누어 가졌대."

"하지만 그건 도둑질인데, 어떻게 그럴 수 있지?"

그러자 웰스가 나서서 말했다.

"선더, 알려면 좀 제대로 알아야지. 난 걔들이 왜 도망갔는지 알아."

"말해줘."

"말하면 안 된댔어." 웰스가 말했다.

"에이, 계속해봐, 웰스. 말해줘, 웰스. 아무에게도 말 안 할게." 모두들 웰스를 졸랐다.

스티븐은 귀를 기울였다. 웰스는 누구 오는 사람이라도 없는지 주위를 둘러보았다. 그런 후 은밀하게 말했다.

"너희들, 성구(聖具)실 찬장에 보관해 둔 와인 알지?"

"응, 알아."

"그러니까 걔들이 그걸 마신 거야. 냄새 때문에 들킨 거지. 그래서 걔들이 도망간 거야, 알겠어?"

그러자 제일 먼저 말문을 열었던 아이가 말했다.

"맞아, 나도 선배에게 그렇게 들었어."

스티븐은 말하기가 무서워서 듣기만 하고 있었다. 두려움에 온몸의 기운이 빠질 정도였다. 어떻게 그런 짓을 할 수가 있지? 그는 컴컴한 성구실을 생각했다. 신성한 장소여서 숨을 죽이고 말을 해야만 하는 곳이었다.

스티븐은 운동장으로 눈길을 돌렸다. 아이들이 삼삼오오 모여서 이야기를 나누고 있었다. 이제 크리켓 시즌이 다가오고 있어서 축구를 하는 아이들은 없었다. 여기저기서 크리켓 배트 소리가 들려왔다.

플레밍이 말했다.

"그럼 다른 애들이 한 짓 때문에 우리가 모두 벌을 받아야 하는 거야?"

그러자 세실 선더가 말했다.

"나라면 절대 안 돌아온다. 어디 두고 보라고. 식당에서 3일간 잡담 금지에 수시로 대여섯 대씩 매를 맞을 텐데."

"그래, 나도 안 돌아올 거야." 웰스가 맞장구쳤다.

"근데, 걔네들 어떻게 될까?" 누군가 물었다.

어사이가 대답했다.

"돌아와서 흠뻑 매를 맞거나 퇴학당해야겠지."

아이들은 웃으며 이야기를 나누었지만 스티븐은 자신이 조금은 두려워하고 있음을 느꼈다. 매를 맞으면 얼마나 아플까.

여기저기서 크리켓 배트 소리가 들렸다. 회초리도 소리를 냈지만 저런 소리는 아니다. 아이들은 회초리는 고래 뼈와 가죽으로 만든 것이고 그 안에 납을 넣었다고 말했다. 회초리는 휘파람 소리를 냈고 스티븐은 그것으로 맞으면 얼마나 아플까 생각했다. 그 생각을 하니 몸서리가 쳐지고 오한이 나는 것 같았다.

운동장 저쪽에서 누군가가 외쳤다.

"모두 입실!"

아놀 신부가 들어오고 라틴어 수업이 시작되었다. 스티븐은 팔짱을 끼고 앉아 선배들이 저지른 짓을 생각하며 여전히 전율을 느끼고 있었다. 아놀 신부는 작문 숙제장을 나눠준 후, 너무 형편들이 없으니 고쳐서 다시 써내라고 말했다. 그런데 그중 가장 형편없었던 건 플레밍의 숙제장이었다. 종이들이 잉크 얼룩으로 서로 달라붙어 있었던 것이다. 아놀 신부는 숙제장 끄트머리를 잡고 그런 식의 숙제장을 제출하는 건 모욕이라고 말했다.

아놀 신부는 잭 로턴에게 명사 바다(MARE)를 격 변화시켜 보라고 말했다. 하지만 로턴은 복수형에서 우물쭈물했다. 그러자 아놀 신부가 엄한 목소리로 말했다.

"부끄러운 줄 알아라. 너, 반장이면서……."

제1장

33

이어서 오늘 신부는 학생 한 명 한 명에게 같은 것을 물었다. 하지만 아무도 대답하지 못했다. 아놀 신부는 아이들을 노려보았다. 이어서 그는 플레밍에게 물었다. 플레밍은 그 단어에는 복수형이 없다고 말했다. 아놀 신부는 갑자기 책을 덮더니 플레밍에게 소리쳤다.

"교실 한가운데 무릎 꿇고 앉아! 너처럼 게으른 놈은 처음 봤다. 나머지들은 숙제를 다시 쓰도록 해."

플레밍은 어기적거리며 자리에서 일어나 맨 뒤 두 자리 사이에 무릎을 꿇고 앉았다. 다른 아이들은 숙제장에 코를 박고 쓰기 시작했다. 교실 안은 침묵에 휩싸였다. 스티븐이 아놀 신부의 시커먼 얼굴을 흘낏 바라보니 화가 나서 약간 붉게 상기되어 있었다.

아놀 신부가 화를 낸 게 죄일까? 아이들이 게을러서 공부를 열심히 하게 만들려고 화를 내는 건 괜찮은 걸까? 아니면 그냥 화가 난 척하는 걸까? 만일 내가 실수로 화를 내면 어떻게 고해성사를 해야 할까?

문이 조용히 열렸다 닫혔다. 재빠르게 속삭이는 소리가 교실에 번졌다. 학습 주임이었다. 잠시 동안 죽은 듯 침묵이 흘렀고, 제일 뒤의 책상을 채찍으로 내리치는 소리가 들렸다. 스티븐의 심장이 겁에 질려 쿵쿵거렸다.

"아놀 신부님, 여기 맞아야 할 놈이 있습니까? 이 반에 게으르고 빈둥거리는 놈이 있습니까?"

학습 주임은 플레밍이 무릎 꿇고 있는 것을 보았다.

"오호라, 얘는 누구지요? 왜 무릎을 꿇고 있는 겁니까? 학생, 이름이 뭔가?"

"플레밍입니다, 선생님."

"오호, 플레밍이라! 물론 게으른 놈이겠지. 네 눈에 다 쓰여 있어. 아놀 신부님, 얘가 왜 무릎을 꿇고 있는 거지요?"

"라틴어 숙제를 엉망으로 했습니다. 그리고 문법 질문에 하나도 대답을 못했습니다."

"당연히 그랬겠지요. 천성이 게으른 놈이니! 눈꼬리만 봐도 알 수 있어요."

그는 책상 위에 회초리를 내리치며 소리쳤다.

"일어나, 플레밍! 일어나라!"

플레밍이 천천히 일어났다.

플레밍이 손을 내밀었다. 요란하게 철썩이는 소리와 함께 그의 손바닥에 회초리가 떨어졌다. 하나, 둘, 셋, 넷, 다섯, 여섯.

"무릎 꿇어!"

제1장

35

학습 주임이 소리쳤고 아픔으로 일그러진 얼굴을 한 채 플레밍은 다시 꿇어앉았다.

학습 주임은 스티븐 옆으로 왔다. 스티븐의 심장이 쿵쾅거렸다.

"너 이름이 뭐냐?"

"디덜러스입니다, 선생님."

"너는 왜 다른 애들처럼 글을 쓰지 않고 있는 거냐?"

"저…… 제……."

스티븐은 두려워서 말이 나오지 않았다.

"아놀 신부님, 얘는 왜 쓰지 않고 멍청하게 있는 거지요?"

"안경이 깨졌습니다. 그래서 숙제를 면제해주었습니다."

"안경이 깨져? 무슨 소리야? 도대체 무슨 소리! 이름이 뭐야!" 학습 주임이 다시 한번 이름을 물었다.

"디덜러스입니다, 선생님."

"이리 나와, 디덜러스. 꾀만 부리는 게으름뱅이로구나. 얼굴을 보면 알아. 어디서 안경을 깨뜨렸어?"

스티븐은 두려움과 조급함에 교실 한가운데서 허둥댔다.

"어디서 안경을 깨뜨렸느냐니까!" 주임이 다시 호통을 쳤다.

"길에서 깨졌습니다, 선생님."

"오호, 길에서 깨졌단 말이지! 내가 그런 속임수에는 훤해. 내가 그런데 속을 줄 알고! 당장 손을 내놔!"

스티븐은 눈을 감은 채 떨리는 손을 앞으로 내밀었다. 이어 회초리가 획 하는 소리를 냈고 뜨겁게 타는 듯한 통증이 손바닥에 전해져 그의 손은 오므라들었고 손바닥과 손가락은 핏기 없이 떨리는 살덩이가 되어버렸다. 눈에는 눈물이 고였고 온몸은 두려움에 떨고 있었다. 스티븐은 창백한 손을 아래로 떨구었다.

"다시 치켜들지 못할까!"

스티븐은 다시 두 손을 들었다. 다시 얼얼한 타격이 가해졌고 뜨거운 눈물이 눈에서 솟구쳤다. 스티븐은 수치와 두려움에 떨며 팔을 끌어당긴 후 비명을 질렀다. 그의 몸은 두려움으로 마비된 채 떨고 있었고, 목구멍에서 수치와 분노로 인한 울음이 치밀어 올랐다. 눈물이 흘러나와 두 뺨을 적셨다.

"꿇어 앉아!" 학습 주임은 외쳤다.

스티븐은 맞은 두 손을 허리에 누르며 재빨리 무릎을 꿇었다. 맞아서 한순간에 부어오른 손들을 생각하니 갑자기 손들에게 미안한 생각이 들었다. 그것들이 마치 자기 손이 아니라 남의 손처럼 여겨져 안타깝게 생각되었던 것이다.

학습 주임이 교실 밖으로 나가며 문간에서 외쳤다.

"모두들 공부해라. 어느 놈이 게으름을 피우는지 이 돌런 선생이 매일 와서 보고 매를 줄 거다."

그가 나가고 문이 닫혔다.

자리에서 일어난 아놀 신부는 아이들 사이를 돌아다니며 아이들이 숙제하는 것을 도와주었다. 그의 목소리는 매우 온화했고 부드러워져 있었다. 자리로 돌아간 그는 플레밍과 스티븐에게 말했다.

"너희 둘 다, 자리에 가서 앉아라."

플레밍과 스티븐은 일어나서 제자리로 가서 앉았다. 부끄러움에 얼굴이 새빨갛게 된 스티븐은 힘이 빠진 손으로 재빨리 책을 열고 고개를 숙여 얼굴을 책에 가까이 댔다.

의사가 안경 없이는 책을 읽지 말라고 했으니 이건 부당하고도 잔인한 처사였다. 그는 오늘 아침 아버지에게 새 안경을 보내달라고 편지를 했었다. 아놀 신부는 새 안경이 도착하기 전까지는 공부하지 않아도 된다고 했다. 그런데 아이들 앞에서 꾀나 부리는 아이라는 소리를 듣다니! 늘 1등 아니면 2등을 하고 요크 팀의 리더인 그가 매를 맞다니! 학습 주임이 그게 속임수라는 걸 어찌 알 수 있단 말인가! 그는 사제였지만 잔인하고 부당한 짓을 한 것이다!

수업 후 식당으로 줄지어 가면서 플레밍이 말했다.

"정말 비열한 짓이야. 잘못도 없는데 벌을 주다니."

옆에 있던 내스티 로시가 말했다.

"너, 정말로 안경을 깨뜨린 거잖아."

스티븐은 플레밍의 말에 가슴이 북받쳐 있었기에 대답을 하지 못했다. 대신 플레밍이 말했다.

"물론이지! 나라면 안 참겠어. 위로 올라가서 교장 선생님께 이르겠어."

"그래, 그렇게 해." 세실 선더가 부추겼다. 내스티 로시에 이어 모두들 교장 선생님께 말씀드리라고 말했다.

스티븐은 식사를 하지 못했다. '그래, 친구들이 말한 대로 할 거야. 교장 선생님께 가서 부당하게 벌을 받았다고 말할 거야. 역사책을 보면 그런 일을 한 사람들이 위대한 사람이 되었어. 교장 선생님은 그가 부당하게 벌을 받았다고 선언할 거야. 간단해. 저녁을 먹은 후 아이들과 함께 걸어 나와 복도로 가지 않고 본관으로 이어지는 오른쪽 계단으로 가면 되는 거야.'

식사가 끝나고 아이들은 줄지어 식당 밖으로 나갔다. 식당 문밖에는 사제도, 주임도 없으니 곧바로 계단을 올라갈 수 있었다.

하지만 그는 갈 수 없었다. '교장 선생님은 학습 주임 편을 들 거야. 그게 모두 자기의 속임수라고 생각할 거야. 그리고 학습 담임은 매일 올 거잖아. 자기를 교장 선생에게 일러바치는 애에게는 무지무지하게 화를 낼 테니, 사태는 더 나빠질 뿐이야.'

스티븐과 함께 식탁에 앉아 있던 아이들이 일어났다. 그도 일어나서 아이들 틈에 섞여 줄을 지어 밖으로 나갔다. 결정해야만 했다. '교장 선생님께 갔는데도 또 학습 주임에게 매를 맞는다면 어쩌지? 그때는 아이들도 자기를 고자질쟁이라고 놀릴 거야. 교장 선생님에게 갈 수 없어.'

그의 눈앞에 문이 보였다. '아이들과 함께 저 문으로 들어간다면 교장 선생님께는 갈 수 없어.' 스티븐은 학습 주임의 벗겨진 머리와 자기를 바라보던 그의 잔인한 무채색 눈동자를 떠올렸다. 그리고 자기 이름을 두 번이나 묻던 그의 목소리가 들리는 듯했다. 왜 처음 이름을 말해주었을 때 기억하지 않은 거지? 듣고 있지 않았던 건가, 아니면 그런 이름을 가진 자기를 놀리기 위해서였나? 역사상 위대한 사람들도 그런 식의 이름을 가지고 있었지만 아무도 놀리지 않았다. 학생 주임이 정말 놀려야 할 이름이 있었다면 그건 바로 자기 자신의 이름이었다. '돌

런이라니! 그건 세탁부 이름 같잖아. 여자 이름이잖아.'

그는 문에 이르자 재빨리 오른쪽으로 돌아 계단을 올라갔다. 그리고 되돌아가야겠다는 생각이 들기도 전에 이미 본관으로 향하는 낮고 어두운 복도에 들어서 있었다. 뒤를 돌아보지 않아도 모든 학생들이 줄지어 가면서 자기를 쳐다보고 있음을 그는 느낄 수 있었다.

늙은 하인 한 사람이 계단 층계참을 닦고 있었다. 스티븐은 그에게 교장실이 어디냐고 물었다. 그러자 그가 손가락으로 저 안 끝 방을 가리켰다. 하인은 스티븐이 교장실 방문을 노크할 때까지 그를 지켜보고 있었다.

스티븐이 노크를 하자 안에서 들어오라는 목소리가 들렸다. 스티븐은 조심스럽게 문을 열고 안으로 들어갔다.

교장이 책상에 앉아 뭔가 쓰고 있는 모습이 보였다. 책상 위에는 두개골이 하나 놓여 있었고, 방에서는 낡은 가죽 의자에서 나는 것 같은 이상하면서도 근엄한 냄새가 났다. 스티븐은 그 엄숙함과 조용함 때문에 가슴이 마구 두근거렸다. 그는 두개골과 교장 선생님의 자상한 얼굴을 바라보았다.

교장이 입을 열었다.

"그래, 얘야. 무슨 일이지?"

스티븐은 뭔가 목에 걸려 있던 것을 꿀꺽 삼키고 말했다.

"안경을 깨뜨렸습니다, 교장 선생님."

교장이 입을 벌리고 말했다.

"오!"

그런 후 미소를 지으며 말을 이었다.

"그래, 안경을 깨뜨렸으면 새 안경을 보내달라고 집에 편지를 해야지."

"편지를 썼습니다, 교장 선생님. 아놀 신부님께서는 안경이 오기 전까지는 공부를 하지 않아도 된다고 하셨습니다."

"당연히 그래야지!"

스티븐은 다시 꿀꺽 뭔가 삼키고는 다리와 목소리가 떨리지 않도록 무진 애를 썼다.

"그런데 교장 선생님……."

"뭔데?"

"돌런 신부님께서 오늘 오셔서, 제가 작문 숙제를 하지 않고 있다고 저를 때리셨습니다."

교장이 그를 가만히 쳐다보자 그는 피가 얼굴로 치솟고 눈에 눈물이 고이는 것을 느꼈다.

교장이 말했다.

"네 이름이 디덜러스지?"

"네."

"안경을 어디서 깨뜨렸지?"

"길에서요, 교장 선생님. 자전거를 타고 오던 어떤 아이와 부딪쳐서 넘어졌고 안경이 깨졌습니다. 그 아이 이름은 모릅니다."

교장은 말없이 스티븐을 잠시 바라보더니 웃으며 말했다.

"오, 그래. 그건 정말 잘못됐구나. 돌런 신부님이 모르셨나 보다."

"하지만 안경이 깨졌다고 말씀드렸는데 저를 때리셨습니다."

"새 안경을 보내달라고 집에 편지했다는 말씀도 드렸나?"

"아니요."

"그래, 그렇다면 돌런 신부님이 이해를 못 했던 게야. 이제 내가 며칠 동안 공부를 면제해주었다고 말해도 된다."

스티븐은 너무 떨려 말을 못하게 될까봐 황급히 말했다.

"네, 교장 선생님. 하지만 돌런 신부님께서 내일 또 오셔서 저를 때리겠다고 말씀하셨습니다."

"잘 알았어. 그건 실수야. 내가 돌런 신부님께 직접 말해주마. 이제 됐지?"

스티븐은 눈물이 눈을 적시는 것을 느끼며 중얼거렸다.

"네, 교장 선생님. 감사합니다."

교장이 손을 내밀었고 스티븐은 잠시 그 손을 잡고 차고 축축한 손바닥의 감촉을 느꼈다.

교장이 손을 빼며 말했다.

"자, 이제 잘 가라."

"안녕히 계세요, 교장 선생님."

그는 조용히 문을 닫고 밖으로 나와 복도를 지나 계단을 내려갔다. 운동장에서 아이들 노는 소리가 들렸다. 친구들은 그의 모습을 보자 그에게로 달려왔다. 그들은 이야기를 잘 들으려고 서로 밀치며 그를 빙 둘러쌌다.

"말해봐! 말해봐!"

"뭐라고 하셔?"

"들어갔었어?"

"뭐라고 그러셨어?"

"말해봐! 말해봐!"

그가 아이들에게 교장 선생님과 나눈 대화 내용을 이야기해 주자 아이들은 모두 모자를 위로 집어 던지며 외쳤다.

"야호!"

그들은 모자를 잡더니 다시 하늘로 빙글빙글 던져 올리며 다시 환호했다.

"야호! 만세!"

그들은 손을 깍지 껴서 가마를 만들더니 스티븐을 그 위에 올리고 그가 그만 내려달라고 할 때까지 그를 태우고 다녔다.

이윽고 모두 사라지고 스티븐 혼자 남게 되자, 그는 행복하고 자유로웠다. 하지만 그에게는 돌런 신부를 향해 우쭐하는 마음은 조금도 없었다. 그는 여전히 조용하고 순종적일 것이다. 그는 그가 우쭐하고 있지 않다는 것을 보여주기 위해, 돌런 신부를 위해 무언가 하고 싶었다.

아이들은 멀리서 크리켓 연습을 하고 있었다. 부드러운 회색 침묵 속에서 공이 배트에 부딪히는 소리가 들렸다. 픽, 팍, 폭, 픽. 분수대에서 찰랑찰랑 넘치는 물 위에 떨어지는 물방울 소리처럼.

제2장

찰스 할아버지는 파이프 담배를 너무 많이 피워서 조카가 정원 끝에 있는 작은 별채에서 아침 담배를 즐기시라고 그에게 권했다.

"좋아, 사이먼. 좋아. 어디든 네 하자는 대로 할게. 별채가 내게는 더 좋을 거야. 건강에 더 좋을 거야." 노인이 말했다.

디덜러스 씨가 솔직하게 말했다.

"정말이지, 어떻게 그렇게 고약한 담배를 피우시는 거예요. 세상에, 꼭 화약 같아요."

그러자 노인이 대답했다.

"이거 아주 좋은 거야, 사이먼. 아주 시원하고 마음도 가라앉혀줘."

이후 찰스 할아버지는 매일 아침 별채로 갔고, 그곳에서 담배를 피우며 노래를 흥얼거렸다. 블랙록에서 보낸 그 여름 초반 동안 찰스 할아버지는 내내 스티븐과 동무가 되어주었다. 찰스 할아버지는 구릿빛 피부에 얼굴에 주름이 지고 하얀 구레나룻을 한 정정한 노인이었다. 주중에 노인은 케어리스포트가에 있는 그의 집과, 가족들이 거래하고 있는 시내 중심가의 상점들을 오가며 심부름을 하곤 했다. 스티븐은 심부름에 찰스 할아버지와 동행하는 것이 좋았다. 할아버지가 카운터 밖에 진열되어 있는 것을 무엇이든 한 움큼씩 사주었기 때문이었다. 할아버지는 포도와 사탕, 혹은 미국산 사과 서너 개를 움켜쥐고 종손자의 손에 푸짐하게 안겨주곤 했다. 스티븐이 사양하는 듯한 몸짓을 하면 할아버지는 얼굴을 찡그리며 말하곤 했다.

"받으시게. 자, 받아. 다 네 몸에 좋은 것들이야."

주문할 것을 다 기록하고 나면 둘은 공원으로 갔다. 그곳에서는 아버지의 오랜 친구인 마이크 플린이 벤치에 앉아 그들을 기다렸다. 플린을 만나면 스티븐은 공원을 달리기 시작했다. 플린은 스티븐의 달리기 트레이너였다. 스티븐이 트랙을 달리는 동안 플린은 시계를 들고 공원 입구에 서 있었다. 아침 연습이 끝나면 플린은 평을 했고, 때로는 낡은 운동화를 질질 끌며 직접 시범을 보이기도 했다. 아버지는 플린이 최고 육상 선수들을 여러 명 길러냈다고 말했지만, 수염을 깎지 않아 덥수룩한 얼굴로 담배를 말고 있는 그의 모습이 스티븐에게는 애처롭게 여겨졌다.

일요일이면 스티븐은 아버지와 찰스 할아버지와 함께 산책을 나갔다. 건강을 위해서였다. 노인은 발가락에 티눈이 있었지만 아주 잘 걸었다. 그들은 종종 10마일이나 12마일을 걷곤 했다. 그들은 갈림길에 있는 스틸로건이라는 작은 마을을 지나 왼쪽으로 더블린 산맥 쪽을 향하거나 아니면 고츠타운로를 따라 던드럼을 거쳐, 샌디포드를 통해 집으로 돌아왔다. 길을 걸으면서 어른들은 정치 이야기, 집안 이야기들을 나누었고, 스티븐은 그들의 말에 열심히 귀를 기울였으며 이해하기 힘든 말들은 열심히 되풀이해 외우다시피 했다. 스티븐은 그 말을 통해서 현실 세계를 조금이나마 엿볼 수 있었다. 자신 역시 그 세계의 삶에 참여해야 할 시간이 가까이 오는 듯 느껴졌다. 자신을 기다리고 있다고 느껴지는 역할, 그 본질이 무엇인지 그저 막연하게밖에 이해하지 못하고 있는 그 역할을 은밀히 준비하기 시작했다.

저녁 시간은 온전히 그의 몫이었다. 그는 낡은 『몽테크리스

토 백작』 번역본에 푹 빠져 지냈다. 복수자의 그 어두운 모습은 그의 마음속에서 그가 어린 시절 듣거나 상상했던 모든 이상하고 무서운 모습들을 대표하게 되었다. 밤이면 그는 거실 탁자 위에 전사지와 색지, 금박과 은박 초콜릿 포장지 등으로 멋진 이프섬의 동굴을 만들었다. 그것들에 그만 싫증이 나서 부숴버리고 나면, 그는 마음속으로 마르세유와 햇빛이 비치는 격자창과 주인공 에드몽 당테스의 애인 메르세데스의 모습을 떠올리곤 했다.

산맥으로 이어지는 블랙록 외곽 길에는, 정원에 장미 덤불이 우거진 작은 하얀 집이 있었다. 그는 그 집에 또 다른 메르세데스가 살고 있다고 상상하곤 했다. 그는 상상 속에서 책에 나오는 모험들을 계속했고, 그 끝에는, 나이를 먹은 자신이 슬픔을 간직한 채, 사랑을 저버렸던 메르세데스와 함께 서 있었다.

스티븐은 오브리 밀스라는 소년과 동맹을 맺고 그와 함께 거리의 모험가 집단을 만들었다. 오브리는 단춧구멍에 호루라기를 달고 다녔고 다른 아이들은 짧은 막대기를 단도처럼 허리에 차고 다녔다. 그 무리들은 늙은 과부가 사는 집 정원을 습격하거나 잡초투성이 바위 위에서 전투를 벌였고, 콧구멍으로 갯비린내를 내뿜고 손과 머리카락에서 해조류 기름 냄새를 풍기면서 마치 패잔병처럼 집으로 돌아왔다.

그러나 9월이 되어 오브리가 학교로 가자 무리는 해산되었다. 마이크 플린이 병원에 입원해서 달리기 연습도 중단되었다. 스티븐은 클론고우즈 학교로 돌아가지 않았다. 스티븐은 막연하게 아버지가 매우 곤란한 처지에 처했음을 알았고 그 때문에 학교로 돌아가지 못한다는 것을 알고 있었다. 집에 약간의 변화가 생겼고, 결코 일어나지 않으리라고 여겼던 그 변화로 인해 소년으로서 그가 품었던 생각들은 약간 충격을 받았다. 그의 영혼 깊은 곳에서 들끓던 야망이 출구를 찾지 못하게 된 것이었다.

그는 다시 메르세데스를 생각했다. 그녀의 모습을 떠올리면 이상한 불안감이 그의 핏줄로 스며들었다. 때로는 열에 들떠 저녁에 조용한 거리를 혼자 돌아다니기도 했다. 정원들과 창문에 비치는 따스한 불빛들의 평화스런 모습들이 그의 불안한 마음을 부드럽게 달래주었다. 그는 아이들 노는 소리가 짜증스러웠다. 그들의 바보 같은 목소리를 듣고 있자니 클론고우즈에 있을 때보다 더 절실하게 자신이 그들과 다르다고 느꼈다. 그는 놀고 싶지 않았다. 그는 자신의 영혼이 늘 품고 있던 그 꿈 같은 이미지를 현실 세계에서 만나고 싶었다. 그는 그 이미지를 어디서 어떻게 찾아야 하는지 알 수 없었다. 하지만 그 어떤 공공연한 행동을 하지 않더라도 그 이미지와 만나게 되리라는 예감이 들었다. 그와 그 이미지는 마치 서로 알고 있던 사람들이 밀회를 하듯, 어떤 문 앞, 혹은 보다 은밀한 장소에서 만나게 될 것이다. 그들은 단둘만의 어둠과 침묵에 싸여 있을 것이다. 그리고 다정함이 절정에 이르렀을 때 그는 변신을 하게 될 것이다.

자기는 그녀의 눈길을 받으며 그 무언가 만질 수 없는 것으로 변해 사라질 것이며, 한순간 변신을 하게 되리라. 그 마법 같은 순간에 나약함과 소심함이 사라지게 될 것이며, 자신은 경험을 갖춘 자가 되리라.

***

어느 날 아침 크고 노란 짐마차 두 대가 문 앞에 멈춰 섰다. 마차에서 사람들이 내리더니 집 안으로 우당탕 들어와서 집 안을 헤집어 놓았다. 밀집 다발들과 로프 나부랭이들이 뒹굴고 있는 앞마당으로 가구들이 거칠게 옮겨지더니 문 앞에 있던 마차에 실렸다. 물건들을 단단히 싣고 나자 마차는 요란한 소리를 내며 길을 따라 내려갔다. 스티븐은 눈시울이 붉어진 어머니와 함께 객차에 앉아, 마차들이 메리언로를 따라 육중하게 굴러가는 모습을 객차 창문을 통해 바라보았다.

그날 저녁 디덜러스 씨는 거실의 불이 잘 지펴지지 않아, 난로 쇠창살에 부지깽이를 기대어 놓고 불을 피우려 애쓰고 있었다. 찰스 할아버지는 가구가 반쯤 들어찬 채 아직 카펫도 깔리지 않은 방 한구석에서 졸고 있었고 그의 옆에는 가족들 초상화가 벽에 기대어져 있었다. 스티븐은 아버지 옆 발판에 앉아 아버지의 길고도 종잡을 수 없는 혼잣말에 귀를 기울이고 있었다. 그는 처음에는 아버지의 말을 거의 알아들을 수 없었지만 곧 아버지에게 적들이 생겼고 뭔가 싸움이 벌어지고 있다는 것을 차츰차츰 알 수 있었다. 스티븐은 자기도 이 싸움에 끼어들어 있고, 자기 어깨 위에 짐이 얹어졌음을 느끼고 있었다.

블랙록의 안락하고 꿈같은 집을 갑자기 떠나 음산하게 안개 낀 도시를 지났던 일, 이제부터 살아가야 할 삭막하고 칙칙한 집에 대해 생각하자니 그의 마음이 무거워졌다.

디덜러스 씨는 사그라지는 불꽃을 힘차게 쑤시며 말했다.

"스티븐, 아직은 기회가 남아 있다. 내 아들아, 우리는 아직 안 죽었다. 예수님 이름으로 말하지만 아직 죽으려면 멀었다."

더블린에서 느끼는 감정은 새롭고도 복잡했다. 찰스 할아버지가 너무 정신이 없어져서 더 이상 심부름을 다닐 수 없게 된 데다, 새집에 정착하느라 모두들 경황이 없어서 스티븐은 블랙록 시절보다 훨씬 자유로웠다. 그는 자유롭게 도시를 돌아다녔다. 부두와 선창을 거닐기도 했고 저녁마다 이 집 저 집 정원들로 메르세데스를 찾아 방황했다. 번잡한 새 생활 속에서도 그는 자신이 또 다른 마르세유에 와 있다고 상상했으며 동시에 활짝 갠 하늘과 격자무늬 창살을 그리워하기도 했다. 선창과 강과 구름이 낮게 깔린 더블린 하늘을 바라보며 그는 마음속으로 막연한 불안감을 느끼기도 했지만, 그는 마치 달아난 누군가를 찾는 듯 여기저기를 마구 쏘다녔다.

그는 한두 차례 어머니와 함께 친척들을 방문하기도 했다. 어머니와 그는 크리스마스를 맞아 불을 밝히고 장식한 즐거운 분위기의 가게들을 지나갔지만, 쓸쓸한 침묵의 무드는 결코 그를 떠나지 않았다. 그가 쓸쓸한 기분을 느낀 것은 멀고도 가까운 몇 가지 이유 때문이었다. 그는 자기 자신이 어리다는 데 화가 났다. 그리고 자신이 불안하고 어리석은 충동들에 사로잡히는 데 화가 났다. 그와 함께 자기를 둘러싸고 있는 세계를 남루하게, 위선적으로 만든 운명의 변화에 대해 화가 났다. 그는 그가 본 것들을 끈기 있게 기록했고, 그것들과 거리를 두었으며 그 쓰라린 맛을 은밀하게 맛보았다.

그는 침침한 창문이 달린 낡은 집 위층에 있는 좁은 거실에 앉아 있었다. 불 앞에서 노파가 부지런히 차를 만들며 그에게 이야기를 해주고 있었다. 그녀는 그의 숙모였다. 그때 방 안에서 누군가 묻는 소리가 들렸다.

"조세핀이니?"

노파가 난롯가에서 밝은 목소리로 말했다.

"아니, 엘렌. 스티븐이야."

"오, 스티븐! 잘 지냈어, 스티븐? 난 조세핀이 온 줄 알았지."

엘렌은 몇 번이고 같은 말을 반복하면서 희미하게 웃었다. 옛날 그가 숙모 집에 놀러갔을 때, 스티븐과 엘렌은 신문에 나온 여배우 사진을 서로 보겠다며 티격태격했었다.

그는 해롤즈 크로스에서 열리고 있는 아이들 파티를 바라보며 앉아 있었다. 조용히 바라보기만 하는 태도가 그의 몸에 배어, 그는 아이들 놀이에 거의 참석하지 않았다.

하지만 그도 노래를 하긴 했다. 스티븐은 노래를 끝내자 아늑한 방구석으로 물러나 고독의 기쁨을 음미하기 시작했다. 그곳에는 그녀, 엘렌이 있었다. 그날 저녁, 처음에는 거짓되고 하찮아 보이던 유쾌한 분위기가 부드러운 공기처럼 그를 감싸고 있었다. 아이들이 음악에 맞추어 웃으며 둥글게 춤을 추는 동안 그녀의 시선이 그가 앉아 있는 구석까지 찾아와 그의 마음을 설레게 하고, 도발했으며, 탐색하고 흥분시켰다. 그의 피가 뜨겁게 달아올랐지만 그곳의 유쾌한 분위기 덕분에 다른 사람들 눈에 띄지 않을 수 있었다.

가장 늦게까지 남아 있던 아이들이 옷들을 입고 있었다. 파티가 끝났다. 그녀는 어깨에 숄을 둘렀다. 그들이 함께 마차를 향해 가는 동안, 그녀의 따뜻한 숨결은 모자를 쓴 그녀의 머리 위로 즐겁게 감돌고 있었으며 그녀의 신발은 매끄러운 길 위에서 경쾌하게 타박타박 울리고 있었다.

마지막 역마차였다. 호리호리한 말들은 그 사실을 아는 듯, 청명한 밤공기 속으로 방울 소리를 울렸다. 길에는 오가는 사람들의 발소리가 들리지 않았다.

그는 위층에 앉았고 그녀는 아래에 앉았지만 서로 귀를 기울이는 듯 했다. 그녀는 여러 번 위로 올라와 그와 몇 마디 말을 나누고는 다시 자기 자리로 내려가곤 했다. 그리고 한두 번은 마치 내려가는 것을 잊은 듯 그의 곁 가까이 잠시 머물다가 내려가기도 했다. 그의 심장은 마치 바닷물에 떠 있는 코르크처럼 그녀의 움직임을 따라 출렁거렸다. 그는 모자 아래 그녀의 눈이 그에게 건네는 말을 들을 수 있었으며, 실제로건 꿈에서건 흐릿한 과거 속 언젠가 그 말을 들은 것처럼 느껴졌다. 그의 두근거리는 심장 너머로 들려오는 그의 마음의 소리는, 손을 내밀기만 하면 손에 넣을 수 있는 그녀의 선물을 받을 것이냐고 그에게 묻고 있었다.

'그녀는 내가 자기를 잡아주길 원하고 있어'라고 그는 생각했다. '그러니까 나랑 같은 마차에 탄 거지. 내 자리로 오면 남몰래 그녀를 쉽게 잡을 수도 있어. 그녀를 잡고 키스할 수도 있어.'

하지만 그는 아무 짓도 하지 않았다. 그러고는 텅 빈 마차 안에 홀로 앉아, 차표를 조각조각 찢어버린 후 물결 모양의 발판을 우울하게 노려보았다.

다음 날 그는 위층 텅 빈 자기 방에서 몇 시간을 탁자 앞에 앉아 있었다. 그의 앞에는 새 펜, 새 잉크 병, 새 연습장이 놓여 있었다. 첫 줄에는 그가 쓰고자 하는 시의 제목이 적혀 있었다.

E-C-에게

　바이런 경의 시집에서 비슷한 제목을 보고 그 흉내를 낸 것이었다. 그는 크리스마스 만찬 때 식탁에서 벌어졌던 논쟁을 생각하고는 파넬에 대한 시를 쓰려고 했던 것을 기억해냈다. 하지만 당시 그는 그런 주제와 씨름하는 걸 거부하고 그 페이지를 온통 친구들 이름과 주소로 채웠었다.

　이번에도 그는 실패할 것 같았다. 그는 어제 벌어진 일들을 다시 기억해내려 애썼다. 그 과정에서 평범하고 하찮게 여겨지는 일들이 자연스럽게 떨어져 나갔다. 마차는 흔적도 없이 사라졌고 마부나 말들도 마찬가지였다. 더욱이 그녀조차도 생생하게 등장하지 않았다. 시는 오로지 어젯밤의 시원한 산들바람, 수줍은 달빛만을 노래할 뿐이었다. 둘이 앙상한 나무 아래 말없이 서 있을 때, 주인공 마음에는 뭔가 알 수 없는 슬픔이 감추어져 있었고, 이별의 순간이 다가오자 이제까지 참고 있던 키스를 둘이 나누었다. 그는 노트를 덮어 숨겨 놓은 후 어머니 침실로 가서 화장대 거울에 비친 자신의 얼굴을 오랫동안 바라보았다.

　그의 기나긴 여유와 자유의 기간이 끝나가고 있었다. 어느 날 저녁 식사 시간에 아버지는 밖에서 있었던 일을 들려주었다. 아버지 입에서 클론고우즈 이야기가 나오는 바람에 마치 입천장이 역겨운 찌꺼기로 덮인 것 같아 식욕은 저 멀리 달아나버렸다.

아버지는 네 번씩이나 반복해서 말했다.

"글쎄, 그분과 딱 마주쳤지 뭐냐. 광장 모퉁이에서 말이다."

그러자 디덜러스 부인이 말했다.

"그러면 그분이 다 해결해주실 수 있겠네요. 스티븐을 벨비디어로 보내주시겠네요."

"물론이지. 그분이 지금 대교구장이라는 이야기를 내가 했던가? 스티븐은 계속 예수회 교단의 학교에 다닐 수 있게 된 거야."

디덜러스 씨가 이번에는 스티븐을 보고 말했다.

"그러니 스티븐, 너도 이제 정신 단단히 차려야 할 거다. 오랫동안 실컷 놀았잖니."

"이제 공부 열심히 할 거예요. 게다가 모리스와 함께 있으면." 디덜러스 부인의 말이었다. 모리스는 스티븐의 어린 동생이었다.

"그래, 모리스도 학교에 보낼 때가 되었지. 그런데 교장 선생님, 아니 이제 대교구장님이시지, 그분께서 스티븐 너하고 돌런 신부 사이에 있었던 일을 이야기해주시더구나. 네가 아주 당돌한 녀석이라고 하시더군.”

“그럴 리가요, 여보!”

“맞아. 그분이 어떻게 된 일이었는지 다 말씀해주셨어. 그분이 여기 이 친구가 아직 안경을 끼고 있느냐고 물으시더군. 그러면서 이야기를 다 해주신 거야.”

“화가 나셨던가요?” 디덜러스 부인이 물었다.

“화? 무슨 소리를! ‘씩씩한 꼬마더군요’라고 하셨는데!”

디덜러스 씨는 대교구장의 점잔 빼는 콧소리를 흉내 내며 말했다.

“돌런 신부와 만찬 때 그 이야기를 하면서 한참 웃었답니다. 내가 돌런 신부에게 ‘돌런 신부님, 조심하는 게 좋을걸요’라고 말해주었지요. ‘아니면 꼬마 디덜러스가 신부님을 내게 올려 보내 양손바닥을 아홉 대씩 때리게 만들 테니까요.’ 그러고는 정말 한참 동안 웃었지요. 하! 하! 하!”

***

성령 강림절 기념 공연 날이 되었다. 스티븐은 분장실 창을 통해 방문객들이 건물로 들어와 극장으로 들어가는 것을 바라보고 있었다. 벨비디어 학교 상급생들이 손님들을 안내하고 있었다.

스티븐은 글을 잘 쓴다는 이유로 체육관 서기로 뽑히긴 했지만 프로그램 1부에는 아무 역할이 없었다. 하지만 2부에서는 중요한 역할을 맡았다. 그는 우스꽝스러운 선생 역을 맡은 것이었다. 그가 벨비디어 학교에 온 지도 2년이 지나 중급반인 데다, 그가 큰 키에 근엄한 태도를 지니고 있었기에 맡게 된 역할이었다.

다른 팀이 무대로 올라갈 준비를 하는 동안 스티븐은 학교 건물을 빠져나와 정원 한구석에 지어 놓은 창고 아래서 멈춰 섰다. 반대편 극장으로부터 관객들이 내는 소음이 희미하게 들렸고, 갑작스러운 군악대 팡파르가 울렸다. 그리고 잠시 후 왈츠의 전주가 크게 들려왔다.

창고 끝, 길 가까이 어둠 속에서 분홍 불빛이 반짝였다. 스티븐이 그쪽으로 다가가자 희미한 연기 냄새를 맡을 수 있었다. 두 소년이 문간 으슥한 곳에서 담배를 피우고 있었다. 그들의 목소리를 듣고 그들에게 가까이 가기도 전에 둘 중 한 명이 헤런이라는 것을 알 수 있었다.

"이거 고상한 디덜러스 아닌가! 어서 오게, 믿음직한 친구!"

헤런이 목이 쉰 높은 목소리로 말했다. 그는 이슬람식으로 절을 하면서 지팡이로 땅을 쿡쿡 찌르더니 별로 반갑지 않다는 웃음을 지었다. 함께 있는 친구는 모르는 친구였고 헤런은 굳이 둘을 인사시키지 않았다.

"내가 지금 내 친구 윌리스에게 오늘 밤 네가 우리 교장 선생님 흉내를 내면 얼마나 재미있을까 이야기하고 있던 참이었어. 이런 빨부리가 막혀버렸네. 스티븐, 너 빨부리 가진 거 없니?"

"난 담배 안 피워."

"그렇지, 디덜러스는 모범생이지. 그는 담배도 안 피우고 바자회에도 안 가고, 여자를 농락하지도 않고, 젠장 아무것도 안 해, 아무것도!"

스티븐은 고개를 저으며 마치 새 부리처럼 주둥이가 뾰족한 라이벌의 얼굴을 바라보면서 미소를 지었다. 그는 빈센트 헤런이 이름도 왜가리라는 새 이름이면서 얼굴도 새처럼 생긴 게 재미있다고 생각했다. 그의 이마는 좁고 뼈가 도드라져 있었으며 두 눈 사이의 가는 코는 휘어져 있었다. 둘은 학교에서 라이벌이자 친구였다. 둘은 짝이었고 예배당에서도 함께 무릎을 꿇었으며 묵주 기도 후 점심을 먹으면서도 함께 이야기를 나누었다. 상급반 학생들은 너나 할 것 없이 멍청했기 때문에 스티븐과 혜런은 일 년 내내 학교에서 실질적인 수석이었다. 교장에게 찾아가서 휴가를 달라거나 학생을 봐달라고 말하는 것도 바로 그들이었다.

갑자기 혜런이 말했다.

"그건 그렇고 네 꼰대가 들어가는 거 봤다."

스티븐의 얼굴에서 미소가 사라졌다. 그 누구든 아버지 이야기를 꺼내면 그는 침착함을 잃어버렸다. 그가 아무 말이 없자 혜런이 불쑥 말했다.

"넌 엉큼한 놈이야."

"무슨 소리야?" 스티븐이 반문했다.

"시치미 떼면 단 줄 알아? 이런 엉큼한 놈."

"무슨 말씀을 하고 계신지 물어도 될까요?" 스티븐이 한껏 정중한 티를 내며 말했다.

"그래, 말해주지. 우리가 그 여자를 봤다고. 윌리스, 너도 봤지? 정말 엄청나게 예쁘던데. 게다가 호기심도 많아요. '그런데 스티븐이 무슨 역을 맡고 있지요, 디덜러스 씨. 노래는 하지 않나요?' 네 꼰대가 그 여자를 유심히 쳐다보더라. 암튼 정말 끝내주더라. 그렇지, 윌리스?"

"괜찮더군." 윌리스가 빨부리를 입에 물면서 말했다.

낯선 사람이 있는 데서 이런 민감한 암시를 하다니! 스티븐은 순간적으로 화가 났다. 소녀에 대한 그의 관심이나 호감은 장난거리가 아니었다. 그는 오늘 하루 종일, 해롤즈 크로스의 마차 계단에서 그녀와 나누었던 작별 인사와, 그것 때문에 그의 마음속에 일었던 애잔한 감정, 그리고 그에 대해 그가 썼던 시 이외에는 다른 아무것도 생각하지 않았다. 그녀가 연극을 보러 오리라는 것을 알고 있었기에 그는 하루 종일 그녀와의 만남을 상상하고 있었다. 파티가 있던 그날처럼 다시 애잔한 감정이 그의 가슴을 채웠지만 시로 분출되지는 않았다. 2년 동안의 성장과 지식이 그때와 지금 사이에 가로놓여 있어 그런 식의 분출을 허락하지 않았다.

헤런이 다시 말을 이었다.

"자, 이번에는 우리에게 들켰다고 인정하는 게 좋을걸. 더 이상 성인군자인 척하지 말라고."

스티븐에게서 분노의 순간은 이미 지나가버렸다. 기분이 좋지 않았지만 혼란스럽지도 않았고 단지 이 놀림이 끝나기만을 원했다. 헤런이 다시 그의 정강이를 지팡으로 때리며 인정하라고 재촉했다. 그는 친구의 농담 분위기에 맞춰주려는 듯, 고개를 숙이고 정중하게 고백 기도를 외우기 시작했다. 그의 뜻하지 않은 반응에 헤런과 윌리스는 웃음을 터뜨렸고 일은 잘 마무리되었다.

스티븐이 입으로 고백 기도를 외우는 순간 갑자기 그에게 전에 겪었던 장면 하나가 떠올랐다.

"인정해!"

그건 스티븐이 이 학교로 와서 첫 학기를 지내던 하급반 학생 때의 일이었다. 그는 예민했기에 이곳의 예상치 못했던 추잡한 생활 방식에 힘들어하고 있었고, 더블린의 우중충한 겉모습에 그의 영혼도 불안하고 우울해했다. 학교에서의 여가 시간을 그는 대부분 반체제 작가들과 어울려 보냈고, 그들의 험하고 난폭한 말이 그의 머리에서 빠져나와 조잡한 글로 표현되기도 했다.

그가 가장 우선으로 한 수업은 매주 화요일의 작문 수업이었다. 그리고 작문 시간에 그는 언제나 승리를 거두었다. 그런데 어느 화요일 그의 승리 행보가 일시에 짓밟혔다. 영어 교사인 테이트 씨가 그를 지목하며 퉁명스럽게 말했던 것이다.

"자네의 에세이는 이단이야."

교실은 일순 조용해졌고, 스티븐은 고개를 들지 않았다. 테이트 선생이 웃음을 터뜨리더니 그에게 말했다.

"아마 너도 몰랐을 거야."

"어느 부분입니까?" 스티븐이 물었다.

테이트 선생은 스티븐의 에세이를 펼쳤다.

"여기 창조주와 영혼에 대해 쓴 부분 말이다. 음, 음, 여기 '영영 가까이 접근할 가능성도 없이'라고 쓴 부분 말이다."

스티븐은 중얼거렸다.

"저는 '영영 도달할 가능성도 없이'라는 뜻으로 쓴 건데요."

"응, 그렇다면 이야기가 전혀 다르지."

테이트 선생은 금세 수긍했다. 하지만 학생들은 달랐다. 수업 후 아무도 그 일에 대해 말하지 않았지만 스티븐이 이단으로 공개적인 비난을 받았다는 사실에 학생들은 악의적인 기쁨을 느끼고 있었다.

며칠이 지난 어느 날이었다. 그가 드럼콘드라 거리를 걷고 있을 때 누군가 그를 불렀다. 뒤를 돌아보니 한 학급 학생 세 명이 황혼 속에서 그의 뒤를 따라오고 있었다. 그중 한 명이 헤런이었고 나머지 두 명은 헤런과 어울려 다니는 볼런드와 내시였다. 헤런은 두 수행원을 거느리고 지팡이를 휘두르고 있었다.

넷은 함께 걸으며 책과 작가에 대한 이야기를 나누었다. 그리고 서로 자신이 좋아하는 작가가 누구인지 말했다. 스티븐이 바이런이 가장 위대한 시인이라고 말했다. 그러자 헤런이 바이런은 이단이고 부도덕하다고 스티븐을 비난했다. 스티븐은 열이 나서 그가 이단이건 상관없이, 그는 위대한 시인이라고 우겼다.

그러자 헤런이 말했다.

"지난번에는 테이트 선생이 봐줬지."

"내일 테이트 선생에게 일러야지." 볼런드가 씩씩거리며 말했다.

"그래? 겁이 나서 말도 못할 거면서!" 스티븐이 그에게 소리쳤다.

그러자 헤런이 지팡이로 스티븐의 다리를 후려쳤고 그것을 신호로 그들은 공격을 개시했다. 내시는 팔을 꺾어 잡았고 볼런드는 하수구에 버려진 양배추 밑동으로 그를 때렸으며 헤런은 지팡이로 그를 후려쳤다.

"바이런이 나쁘다고 인정해!" 헤런이 말했다.

"싫어!"

"인정해!"

"싫어!"

"인정하라니까!"

"싫어, 싫어."

그는 겨우 그들에게서 빠져나왔고 그들은 그를 비웃으며 제 갈 길을 갔다. 그는 두 주먹을 쥐고 흐느꼈다. 그런데 이상한 일이었다. 그는 그들의 비겁함과 잔혹함을 조금도 잊지 않고 있었지만 그들을 향해 아무런 분노도 일지 않았다. 책에서 그가 보았던 모든 맹렬한 사랑과 증오에 대한 묘사는 그에게 비현실적으로 여겨졌다. 그날 밤에 그는 집으로 돌아가면서 마치 잘 익은 과일에서 껍질을 쉽게 벗겨내듯, 알지 못할 어떤 힘이 그에게서 갑자기 생겨난 분노를 그에게서 걷어내는 것만 같았다. 지금 아이들이 맘껏 웃어젖히는 소리를 들으면서 스티븐은 도무지 왜 그들에게 분노가 일지 않는지 궁금할 뿐이었다.

그는 두 친구와 함께 창고 옆에 서서 그들이 하고 있는 농담과 극장에서 터져 나오는 갈채 소리를 멍한 상태에서 듣고 있었다. 그녀는 아마 다른 사람들 틈에서 그를 기다리며 앉아 있겠지. 그는 그녀의 생김새를 떠올리려 했지만 생각이 나지 않았다. 단지 그녀가 숄을 두르고 있었다는 것, 그녀의 검은 눈이 그의 마음을 끌면서 맥이 풀리게 만들었다는 것만 기억날 뿐이었다. 그리고 그가 그녀를 생각하듯 그녀도 그를 생각하고 있었을지 궁금했다.

그때였다. 한 소년이 그들을 향해 달려왔다. 그는 숨을 헐떡이며 스티븐에게 외쳤다.

"야, 디덜러스, 도일이 너 때문에 왕창 열 받았어. 당장 들어가서 분장해야 해. 얼른 서둘러."

"나 가봐야겠다." 스티븐이 말했다.

그러자 헤런이 말했다.

"나 같으면 안 간다. 선배를 오라 가라, 이게 뭐야? 뭐 열을 받아? 그런 낡아빠진 형편없는 연극에서 네가 역할 하나 맡아주는 것만 해도 감지덕지지."

하지만 헤런의 그런 호전적인 태도가 조용히 복종하는 스티븐의 습관을 바꿀 수는 없었다. 헤런에게는 그런 게 어른이 된다는 것을 의미하는지 몰라도 스티븐은 그런 요란한 짓을 불신했고 그것의 진정성도 의심했다. 헤런이 내세우는 선배로서의 위신 같은 것도 그에게는 하찮을 뿐이었다.

그는 손으로 만질 수 없는 환상을 마음으로 좇다가 미적거리면서 그 추적을 멈추었었다. 그사이 그는 훌륭한 신사가 되어야 하고 무엇보다 훌륭한 가톨릭 신자가 되어야 한다는 목소리를 아버지와 선생님들에게서 들어왔다. 그 목소리들은 이제 그

의 귀에서 공허하게 울릴 뿐이었다. 체육관에서는 강해져야 한
다고, 남자답고 건강해야 한다는 소리를 들었다. 학교에서 민
족중흥운동이 시작될 즈음에는 무엇보다 조국에 충실하고 조
국의 말과 전통을 육성해야 한다고, 또 다른 목소리가 명령했
다. 세속에서는 아버지의 추락한 지위를 회복시켜드려야 한다
는 목소리가 들렸으며 학교 친구들로부터는 자기들과 좋은 친
구가 될 것이라는 소리, 다른 아이들이 야단을 맞거나 벌을 받
지 않도록 보호해주어야 한다는, 휴일을 많이 얻어내도록 힘써
야 한다는 목소리가 강하게 들려왔다. 그가 환영을 좇다가 망
설이고 멈추게 만든 것은 바로 그 공허한 목소리들이었다. 그
는 잠시 그 목소리들에 귀를 기울이는 척했다. 하지만 그는 곧
바로 그 목소리들이 전혀 들리지 않는 곳에 홀로 멀리 떨어져
있으려 했고, 그럴 때만, 혹은 상상 속의 친구와 있을 때만 행복
했다.

스티븐은 분장실로 갔다. 분장을 마친 소년들은 이리저리 서
성이거나 어색하게 서 있었다. 악단이 〈킬라니의 백합〉을 연주
하는 소리가 들렸고, 잠시 후면 막이 오를 것임을 그는 알 수
있었다. 그는 무대 공포증을 느끼지는 않았지만 자기가 맡은
역을 생각하고는 모욕감을 느꼈다. 그는 대사의 일부분을 생각

하면서 분장하던 두 뺨이 화끈 달아올랐다. 그때 그녀의 진지하고 유혹적인 눈길이 관객들 사이에서 그를 지켜보고 있으리라는 생각이 들었고, 그 이미지가 그의 망설임을 단번에 날려버렸으며 그의 의지를 단단하게 만들어주었다. 또 다른 본성이 그에게 주어진 것 같았다. 그는 주변의 흥분과 젊음에 감염되어 그의 우울한 불신의 마음을 변화시켰다. 그가 마치 소년의 옷을 입은 것처럼 느낀 아주 희귀한 순간이었다. 다른 연기자들과 함께 무대 옆에서 대기하고 있으면서 그는 다른 이들의 유쾌함을 함께 느꼈다. 이윽고 두 명의 건장한 사제가 막을 세차게 잡아 당겨 위로 걷어 올렸다.

잠시 후 그는 무대 위 수많은 사람들 앞에서 연기를 하고 있었다. 리허설을 할 때는 연결이 되어 있지 않은 무생물처럼 여겨졌던 연극이 갑자기 자기 고유의 생명을 지니게 되는 것을 보고 그는 놀랐다. 이제 연극은 저절로 진행되는 것 같았고 그와 연기자들은 그저 각자의 역할로 연극을 돕고 있는 것 같았다. 마지막 장면이 끝나고 막이 내리자 허공이 박수갈채로 채워졌다. 그는 무대 옆 틈새로 그가 그 앞에서 연기했던 관객들이 마치 마술처럼 다른 모습으로 변해, 저마다 분주하게 흩어지는 것을 보았다.

그는 재빨리 무대를 떠나 무대 의상을 벗어버리고 예배당을 지나 학교 마당으로 나갔다. 연극이 끝나고 나니 그의 신경은 그 이상의 모험을 간절히 갈구하고 있었다. 그는 그 모험을 따라잡으려는 듯 서둘러 걸음을 재촉했다. 극장 문은 훤하게 열려 있었고 관객들은 빠져나갔다. 그는 먹이를 놓칠세라 서둘러 계단을 올라가 현관의 관중들을 뚫고 지나갔다. 그가 계단 위에 올랐을 때 가족들이 그를 기다리고 있는 것이 보였다. 그는 단번에 그 친숙한 모습들을 알아보고는 갑자기 화가 난 듯 계단을 뛰어 내려가며 아버지에게 재빠르게 말했다.

　"조지 거리에 볼 일이 있어요. 먼저 집으로 가세요."

　아버지가 무슨 볼 일이 있느냐고 묻는 것을 기다리지도 않은 채 그는 길을 뛰어 건너, 언덕 아래로 정신없이 빠르게 걸어갔다. 그는 자기가 어디를 걷고 있는지도 몰랐다. 그의 마음의 눈앞에서, 가슴속 자존심과 희망과 욕망이 마치 짓이겨진 허브 향처럼 미칠 듯한 향기를 피워 올리고 있었다. 상처 입은 자존심, 무너진 희망, 좌절된 욕망이 연기처럼 솟구쳐 요동치는 가운데 그는 언덕을 달려 내려갔다. 그 모든 것들이 그의 분노한 눈앞에서 미친 듯 자욱하게 피어올랐다가 일순 그에게서 사라졌고 마침내 공기는 다시 맑고 차가워졌다.

희미한 막이 여전히 그의 눈을 덮고 있었지만 그것들은 더이상 타오르지 않았다. 종종 그에게서 분노나 노여움을 걷어가게 만들곤 했던 것과 비슷한 그 어떤 힘이 그의 발걸음을 멈추게 했다. 그는 제자리에 서서 시체 안치소의 음울한 현관과 그옆의 자갈이 깔린 길을 바라보았다. 그는 그 퀴퀴하고 묵직한 공기를 천천히 들이마셨다.

'이건 말 오줌과 썩은 밀짚 냄새야.' 그는 생각했다. '들이마시기 좋은 공기로군. 내 마음을 진정시켜주겠지. 이제 마음이 차분해졌어. 돌아가야지.'

***

스티븐은 다시 한번 킹스 브리지에서 객차 구석에 아버지와 함께 앉아 있었다. 그는 아버지와 함께 야간열차로 코크로 여행 중이었다.

스티븐은 아버지가 해주는 코크에서 보냈던 젊은 시절 이야기나, 죽은 친구 이야기, 지금 함께 코크를 방문하는 목적에 대한 이야기를 아무런 공감도 없이 들었다. 또한 죽은 사람들에 대한 아버지의 이야기에서 그는 아무런 감흥도 느끼지 못했다.

찰스 할아버지를 제외하면 죽은 사람들은 모두 그에게 낯선 사람들이었고 찰스 할아버지마저 이제는 그의 기억 속에서 희미해져 가고 있었다. 어쨌든 그는 아버지의 재산들이 경매로 팔릴 것임을 알고 있었고 아버지의 재산이 그렇게 몰수 당하는 과정을 보면서 그는 자신의 환상이 얼마나 거짓인가를 이 세상이 그에게 난폭하게 보여주고 있다고 느꼈다.

아직 이른 아침에 그들은 마차를 타고 코크를 가로질렀고, 스티븐은 빅토리아 호텔에서 모자란 잠을 마저 보충했다. 아버지는 화장대 앞에 앉아 노래를 흥얼거리고 있었다.

젊고 어리석기에
젊은이들은 결혼을 하지.
그러니, 내 사랑,
나는 더 이상 머물지 않으리.
고칠 수 있는 것이라면, 정말,
고쳐야만 한다네, 정말.
그래서 나는
아메리카로 간다네.
내 사랑, 그녀는 아름답고,

내 사랑, 그녀는 귀엽다네.

그녀는 좋은 위스키 같아,

싱싱할 때의 위스키.

그러나 그녀가 늙고

차갑게 식어버리면

스러져 죽어버린다네.

마치 산에 내린 이슬처럼.

기묘하고 슬프고 행복한 노래를 아버지가 부드럽게 떨리는 목소리로 장식하고 있는 것을 들으니 간밤의 불쾌한 기분이 스티븐에게서 가셨다.

그들은 함께 이야기를 나누며 아침 식사를 한 후 마다이크의 대학 교정에 들어섰다. 그들은 해부학 교실로 들어갔고, 디덜러스 씨는 수위의 도움을 받아 자신의 이니셜이 새겨진 책상을 찾아냈다. 스티븐은 계단식 강의실의 어둠과 침묵, 그 딱딱한 분위기에 짓눌려 뒤쪽에 남아 있었다. 그는 책상들에 새겨진 낱말들을 보면서 갑자기 그 낱말들을 새긴 대학생들이 자기 주변에 있는 것처럼 느껴졌다. 그때까지만 해도 자기 마음속에만 있다고 생각했던 것들, 자기만 지닌 마음속의 난폭한 병이

라 생각했던 것들의 흔적을 외부 세계에서 발견한 것은 그에게
는 충격이었다.

아버지가 그의 이름을 불렀고, 그는 아버지와 함께 안뜰을
가로질러 대학 정문으로 향했다. 아버지는 전에 해주었던 이야
기들을 다시 해주었고 한때 아버지의 친구였다가 지금은 여기
저기 흩어져 살거나 죽은 사람들 이야기도 해주었다. 스티븐은
아버지 이야기를 들으며 약간의 욕지기를 느꼈고 마음속으로
한숨을 쉬었다.

스티븐은 벨비디아에서의 자신의 어정쩡한 위치를 다시 떠
올렸다. 장학생, 자신이 지닌 권위를 스스로 두려워하는 리더,
자존심 강하고 민감하며 의심 많은 자, 남루한 자신의 삶, 들끓
는 마음과 늘 싸우는 자. 얼룩진 책상 위에 새겨진 글자들이 자
신의 육체적 나약함과 부질없는 열정을 비웃으며 자신을 노려
보고 있었다. 그는 눈을 감은 채 어둠 속을 걸어갔다.

아버지의 목소리가 여전히 들려왔다.

"스티븐, 명심해라. 네 혼자 힘으로 세상에 나가게 되면 무슨
일을 하게 되더라도 신사들과 어울려야 한다. 내가 젊었을 때
나는 젊음을 한껏 즐겼단다. 괜찮고 점잖은 친구들과 어울렸
지. 누구든 한 가지씩은 할 줄 아는 녀석들이었다. 목소리가 좋

은 놈도 있었고, 연기를 잘하는 놈도 있었지. 또 어떤 놈은 재미있는 노래를 잘 불렀고, 어떤 놈은 노를 잘 젓거나 테니스를 잘 치고 또 어떤 놈은 재미있게 이야기를 잘했고……. 즐기면서 인생을 조금 맛보기도 했지만 그렇다고 그 때문에 잘못된 친구는 하나도 없었어. 우리는 모두 신사였고 최소한 그러기를 모두 바라고 있었지. 게다가 정말 괜찮고 정직한 아일랜드인이었지. 스티븐, 나는 네가 그런 사람들과 어울리길 바란다. 스티븐, 나는 네 아버지가 아니라 네 친구로서 말하는 거다. 내가 젊었을 때, 네 할아버지가 나를 대하던 방식으로 말하는 거야. 처음 담배를 피우다가 아버지에게 들켰을 때 일을 잊을 수가 없다. 친구들과 함께 담배를 꼬나물고 있다가 지나가던 아버지에게 들킨 거야. 아버지가 뭐라고 하셨는지 알아? '사이먼, 난 네가 담배를 피우는 줄 몰랐다. 자, 이 시가를 한번 피워봐. 어제 미국인 선장이 선물한 건데, 정말 좋은 거다'라고 하시며 담배를 내미셨지."

아버지는 웃음을 터뜨렸고 스티븐에게는 그것이 거의 흐느낌처럼 들렸다. 스티븐은 갑자기 신경질적인 충동을 느끼며 눈을 번쩍 떴다. 시야에 갑자기 햇살이 들어왔고, 마치 환상의 세계에 들어온 것 같았다. 정신이 아득해지면서 무기력해졌다. 가게 간판에 새겨진 글자도 해독하기 어려울 정도였다. 마치 스스로 자신을 현실 밖으로 밀어낸 것 같았다. 현실 세계의 그 어느 것도 그를 움직일 수 없었고, 그 무엇에도 무감각해졌다. 그는 자신의 생각마저도 거의 알아볼 수 없을 지경이 되어 천천히 이렇게 되뇌었다.

'나는 스티븐 디덜러스이다. 나는 아버지 곁에서 걷고 있다. 아버지 이름은 사이먼 디덜러스이다. 우리는 아일랜드의 코크에 있다. 코크는 도시다. 우리의 방은 빅토리아 호텔에 있다. 빅토리아와 스티븐과 사이먼. 사이먼과 스티븐과 빅토리아. 이름들.'

어린 시절의 기억이 갑자기 희미해졌다. 그는 생생했던 몇몇 순간들을 기억하려 했지만 헛수고였다. 오로지 이름들만 기억날 뿐이었다. 숙모 할머니, 파넬, 클레인, 클론고우즈, 어린 소년은 옷장에 두 개의 솔을 간직하고 있는 노파에게서 지리를 배웠다. 곧 그는 집을 떠나 학교로 갔으며 첫 번째 영성체를 했고, 크리켓 모자에서 슬림 짐 과자를 꺼내 먹었으며, 양호실 작은 침실 벽에서 불꽃이 춤추는 것을 바라보았고, 자신이 죽어서 교장이 자신을 위한 미사를 드리는 것을, 자신이 작은 공동 묘지에 매장되는 꿈을 꾸었었다.

벨트를 맨 회색 양복을 입은 소년. 그의 손은 옆 주머니에 들

제2장

77

어가 있었고, 그의 바지는 고무 밴드로 무릎 부분에 접혀 있었다.

재산이 팔려 나가던 날 저녁, 스티븐은 시내 이 술집에서 저 술집으로 전전하던 아버지를 얌전히 따라다녔었다. 아버지는 만나는 사람마다 같은 말을 되풀이했다. 자기는 코크 사람이며 더블린에 와서 30년 동안 코크 억양을 없애려 애를 썼다는 둥, 옆에 있는 이 이상한 놈은 자기 장남이지만 이놈은 더블린 놈 이라는 둥…….

그들은 이른 아침 뉴컴의 커피 집에서 나왔다. 아버지는 그 날처럼 밤새 술을 퍼마셨다. 모욕적인 일들의 연속이었다. 장 사치들은 거짓 미소를 지었으며 아버지가 희롱하던 여종업원 들은 펄쩍 뛰는 척하면서도 추파를 던졌다. 아버지의 친구들은 스티븐에게 칭찬과 격려의 말을 해주었다. 그들은 스티븐이 할 아버지를 많이 닮았다고 했고, 디딜러스 씨는 닮긴 닮았지만 잘못 닮았다고 했다. 어떤 노인은 그에게 더블린 여자가 예쁘 냐, 코크 여자가 예쁘냐고 물어 그를 당황하게 만들기도 했다.

"얘는 그런 거 안 배웠어. 그런 것 묻지 말고 내버려둬. 그런 말도 안 되는 문제로 골치를 썩이는 애가 아니야. 고상한 생각 만 하는 아이라고."

"그럼, 아버지랑은 안 닮았군. 스티븐, 네 아버지는 한때 코크에서 최고 바람둥이였단다. 알고 있지?"

아버지와 아버지 친구는 과거의 기억을 되새기며 거푸 축배를 들었다. 그들은 생명력과 활기가 넘치던 젊은 시절을 축배를 들며 다시 느끼는 것 같았다. 스티븐의 마음은 그들보다 더 늙은 것 같았다. 어떤 생명도, 어떤 젊음도 그의 안에서는 요동치지 않았다. 그는 다른 사람들과 어울리는 즐거움도, 거친 남성적 건강의 활력도, 자식으로서의 효심도 느끼지 못했다. 그의 마음을 휘젓고 있는 것은 차갑고 잔인하고 애정 없는 욕정뿐이었다. 그의 유년기는 죽거나 사라졌으며, 그와 함께 단순한 즐거움에 빠질 수 있는 영혼도 사라졌고 그는 마치 불모의 달 껍질처럼 삶 한가운데를 떠돌고 있을 뿐이었다.

홀로 방황하며,
하늘에 올라 지상을 굽어보느라
그대는 지쳐서 창백한가요?

그는 셸리의 시 구절을 혼자 반복해 중얼거렸다. 인간의 무기력함을 광활한 비인간적인 순환 활동과 교차시킨 그 시구가 그를 오싹하게 만들었고, 그는 자신의 인간적이고도 부질없는 근심 걱정을 잊었다.

**

   스티븐과 그의 아버지가 계단을 올라가 하일랜드 경비대가 열병식을 벌이고 있는 회랑을 따라가는 동안, 스티븐의 어머니와 동생과 사촌 한 명은 한적한 포스터 광장에서 그들을 기다리고 있었다. 스티븐과 아버지가 홀 안으로 들어서서 카운터 앞에 섰고, 스티븐은 아일랜드 은행에서 발행한 30파운드와 3파운드짜리 수표를 꺼냈다. 경시대회와 에세이에서 상으로 받은 수표였다. 은행원은 그 수표를 지폐와 동전으로 바꾸어주었다.

   광장에는 쌀쌀한 10월의 바람이 불고 있었다. 진창길 끝에 서 있던 세 사람은 찬바람에 볼이 얼어 있었고 눈에 눈물이 그렁그렁했다. 스티븐은 얇은 옷을 입은 어머니의 모습을 보고, 며칠 전 바나도 상점 진열장에서 보았던 20기니짜리 외투가 생각났다.

   "자, 이제 됐구나." 디덜러스 씨가 말했다.

   "저녁 먹으러 가는 게 좋겠어요. 어디로 갈까요?" 스티븐이 말했다.

"저녁? 좋아. 뭘 먹을까?" 디덜러스 씨가 말했다.

그러자 디덜러스 부인이 말했다.

"비싸지 않은 데로 가요."

"가요. 비싸도 상관없어요." 스티븐이 말했다.

그렇게 떠들썩하게 웃고 즐기던 계절은 재빨리 지나갔다. 그리고 그사이 스티븐이 받은 상금은 손가락 사이에서 줄줄이 새 나갔다. 그는 매일 가족들을 위한 메뉴를 식료품점에서 배달시킨 식료품과 음식들과 과일들로 준비했고 매일 밤 연극을 보았다. 그는 모두에게 선물을 사주고 방을 정비하고 필요한 돈을 가족들에게 빌려주었다.

하지만 곧 원상 복귀가 되었다. 어머니는 더 이상 그에게 돈을 흥청망청 쓴다고 잔소리를 할 필요가 없게 되었다. 그리고 그가 세웠던 계획들도 다 무너지고 말았다.

그는 자신의 고립된 삶이 부질없다는 것을 잘 알고 있었다. 그는 그가 다가가려고 했던 삶에 한 발자국도 가까이하지 못했고 그를 어머니, 형제자매들과 갈라놓았던 수치심과 원한의 골도 메우지 못했다. 그는 그들과 한 핏줄이 아니며 양자나 의형제 같은 알 수 없는 관계를 맺고 있는 듯 느껴졌다.

그는 마음속 격렬한 갈망, 그 앞에서는 여타 모든 것들이 헛

제2장

81

되고 낯설게 보이는 그 갈망을 없애려고 애썼다. 그가 도덕적으로 죄를 짓거나 그의 삶이 속임수와 허위로 얼룩지더라도 개의치 않았다. 그의 내부에는 엄청난 죄를 향한 욕망이 자라고 있었다. 그에게 그 죄를 실현하겠다는 내부의 거친 욕망 외에는 그 어느 것도 신성한 것이 없었다. 낮이나 밤이나 그는 바깥 세계의 뒤틀린 이미지들 속에서 움직였다. 낮에는 그에게 얌전하고 결백해 보였던 얼굴들이 밤이면 음탕한 간계로 빛나는 얼굴과 야수처럼 쾌락으로 빛나는 눈을 한 채, 어두운 잠을 뚫고 그에게 다가왔다. 그리고 아침이 되면 어두운 광란에 휩싸였던 것을 희미하게 기억해내고, 모욕적인 탈선의 느낌을 생생하게 느끼면서 고통스러워했다.

그는 다시 방황하기 시작했다. 베일이 덮인 듯 흐릿한 가을 저녁이면, 그는 몇 년 전 블랙록의 조용한 거리에서 그랬듯이 이 길 저 길을 걸어 다녔다. 하지만 정원의 단정한 모습이나 창문 불빛들은 더 이상 그에게 어떤 따스한 느낌을 주지 못했다. 때때로 욕망이 잠깐 자리를 비우고 부드러운 나른함에 빠질 때면 메르세데스의 모습이 그의 기억의 뒷전을 스쳐 가기도 했다. 그러면 그가 상상 속에서 키운 그녀의 모습이 잠시 그의 불안을 가라앉혀 주기도 했다.

하지만 그런 순간들이 지나가면 욕정의 불꽃이 다시 타올랐다. 그의 입에서는 시가 흘러나왔고 그의 머리에서는 분명치 않은 절규와 난폭한 말들이 발설되지 않은 채 들끓었다. 그는 무슨 소리가 들리지 않는지 어둠 속에 귀를 기울인 채, 어둡고 질척한 길을 이리저리 떠돌았다. 그는 어쩔 줄 모르고 방황하는 짐승처럼 홀로 신음했다.

그는 미로처럼 얽힌 좁고 더러운 길을 방황하고 있었다. 무언가에 취한 듯 계속 걷다가 그는 자신이 유대인 동네에 들어선 것을 알았다. 선명한 옷을 입은 여인들이 향수 냄새를 풍기며 길을 가로지르고 있었다. 그는 갑자기 몸이 떨렸으며 눈앞이 침침해졌다. 노란 가스 불빛이 마치 제단에서 타오르는 불빛처럼 그의 눈앞에 나타났다. 문 앞과 불이 켜진 입구에서 사람들이 마치 무슨 의식이라도 치르는 듯한 옷을 입고 모여 있었다. 그는 다른 세계에 있었다. 그는 수 세기의 잠에서 깨어난 것이다.

그는 길 한복판에 가만히 서 있었다. 심장이 요란하게 쿵쾅거렸다. 긴 분홍색 드레스를 걸친 젊은 여인이 손으로 그의 팔을 잡더니 그의 얼굴을 뚫어져라 바라보았다. 그녀가 명랑하게 말했다.

"안녕, 총각 아저씨!"

그녀의 방은 따뜻하고 환했다. 커다란 인형이 침대 옆 커다란 안락의자에 다리를 벌린 채 놓여 있었다. 그는 그녀가 옷을 벗는 모습을 바라보며, 여유 있는 척하려고 뭔가 말을 하려고 했다. 그러자 그녀가 그에게 다가와 그를 꽉 껴안았다. 그녀의 따뜻한 가슴이 차분하게 오르내리는 것을 느끼며 그는 갑자기 울음을 터뜨렸다. 기쁨과 안도의 눈물이 그의 반짝이는 눈에서 빛을 냈고 입술은 말을 하지 못하면서도 저절로 벌어졌다.

그녀가 갑자기 그의 머리를 아래로 숙이게 해서 그의 입술에 자기 입술을 갖다 댔다. 그는 솔직하게 치켜 뜬 그녀의 눈에서 그 동작의 뜻을 읽었다. 그는 그것을 감당하기 힘들었다. 그는 눈을 감고 자신의 몸과 마음을 모두 맡겼다. 그는 그녀의 부드러운 입술이 가하는 압력 외에는 그 어느 것도 의식할 수 없었다. 그녀의 입술은 마치 모호한 말들을 신고 있는 양, 그의 입술뿐 아니라 그의 머리까지 누르는 것 같았다. 그는 그런 그녀의 입술 사이에서 황홀한 죄보다 더 어둡고, 소리나 향기보다 더 부드러운, 미지의 압력, 수줍은 압력을 느꼈다.

제3장

12월의 우중충했던 날이 지나고 마치 어릿광대가 뒹굴 듯이 재빨리 땅거미가 찾아들었다. 스티븐은 교실의 지저분한 창문을 통해 밖을 내다보고 있었다. 그의 배가 음식을 간절히 원하고 있었다. 그는 저녁 식사가 무와 당근과 감자가 들어간 양고기 스튜였으면 좋겠다고 생각했다.

우울하고 은밀한 밤일 것이다. 일찌감치 밤이 찾아오면 지저분한 매음굴 여기저기를 노란색 불빛들이 밝히게 될 것이다. 그는 두려움과 환희에 떨며 길을 이리저리 우회해서 조금씩, 조금씩 가까이 다가간 후, 갑자기 그의 발길이 어두운 길모퉁이를 돌아서게 될 것이다. 매춘부들이 게으른 하품을 하며 머리핀을 꽂고 밤일을 준비하러 밖으로 나올 것이다. 그는 자신의 의지가 발동하기를 기다리며, 혹은 그녀들의 향기로운 살갗이 죄를 갈망하는 그의 영혼을 불러들이기를 기다리며 조용히 그녀들 곁을 지나갈 것이다. 그러나 그가 그 부름을 찾아 어슬렁거리는 동안 오로지 그 욕망에 의해 멍해진 그의 감각들은 그 감각들에 상처를 입히고 부끄러움을 주는 모든 것들을 날카롭게 의식할 것이다. 그리고 결국…….

그는 연습장을 펼쳤다. 방정식이 마치 눈과 별 문양이 달린 공작새 꼬리처럼 펼쳐졌다. 그러나 그 꼬리는 곧 접혔고 눈과 별은 사라졌다. 나타났다 사라지는 방정식들은 떠졌다 감겼다 하는 눈이었고, 그 눈은 태어나고 꺼지는 별이었다. 별들의 순환하는 삶에 따라 그의 마음은 저 가장자리로 갔다가 다시 중심으로 되돌아오곤 했다. 그리고 그런 그에게 희미한 음악 소리가 들렸다. 무슨 음악이었던가? 음악이 가까이 들리기 시작했고 그 가사를 알아들을 수 있었다. 홀로 지쳐 방황하는 달에 대한 셸리의 시였다. 별들이 부서지기 시작했고, 섬세한 성운(星雲)들이 공간으로 흩어졌다.

불꽃이 모두 꺼졌다. 차가운 어둠만이 혼돈을 메우고 있었으며 차갑고 명증한 무관심만이 그의 영혼을 지배하고 있었다. 처음으로 그 죄를 지으면서 그는 생명의 물결이 자신으로부터 빠져나가는 것처럼 느꼈었고, 자신의 몸과 영혼이 불구가 될까봐 두려웠다. 하지만 생명의 물결은 자신의 품에 그를 안고 데리고 나갔다가, 다시 물러나면서 그를 제자리로 되돌려 놓았다. 육체와 영혼은 조금도 손상되지 않았으며 그것들 사이에 어두운 평화만이 자리를 잡았을 뿐이었다. 열정이 꺼져버린 혼돈 속에 남은 것은 자기 자신에 대한 냉정하고도 심드렁한 자각일 뿐이었다. 그는 단 한 번 죽을죄를 지은 것이 아니라 여러 번 저질렀다. 그는 단 한 번의 죄만으로도 영원히 저주받을 위험에 처해 있으며 죄를 계속 범할 때마다 죄와 벌이 가중된다는 것을 알고 있었다. 한낮의 일과와 생각들은 그에게 속죄가 되지 못했다. 그의 죄를 사해주는 은총의 샘이 더 이상 그의 영혼을 새롭게 해주지 못했기 때문이었다. 기껏해야 거지에게 적선을 해주고 그 거지가 주는 축복을 피해 달아나면서, 어느 정도 실질적 은총을 받을 수도 있지 않을까 지친 마음으로 희망해보는 정도였다.

신앙심은 무너져버렸다. 자신의 욕망이 스스로 파괴되기를 원하고 있다는 것을 알면서 기도를 해봐야 무슨 소용이 있겠는가? 그 어떤 자존심, 그 어떤 경외심 때문에 그는 단 하룻밤도 하느님께 기도를 드리지 못했다. 그가 잠들어 있는 동안 그의 생명을 앗아갈 권능, 그가 자비를 구걸하기도 전에 그의 영혼을 지옥으로 던져버릴 권능이 모두 하느님께 있음을 알면서도 그는 기도를 올리지 못했다.

"에니스, 네게 머리가 있다면 내 지팡이에도 머리가 있겠다! 그래 무리수가 뭔지 모르겠다는 거냐?"

학급의 한 친구가 더듬거리며 대답을 하는 통에 친구들에 대한 그의 경멸감이 고조되었다. 그는 타인들을 경멸할 뿐 그들에게 부끄러움이나 두려움을 조금도 느끼지 않았다. 주일날 교회에 가는 사람들에게서도 따분한 신앙심만 보일 뿐이었고, 그들의 머릿기름 냄새는 역겹기만 했다. 그들이 지닌 순진함이란 쉽사리 농락할 수 있는 것에 불과하다는 생각을 하면서 그는 위선이라는 또 다른 사악한 짓을 그들에게 해보였다.

그의 침실 벽에는 채색한 두루마리가 걸려 있었다. 학교 내 성모 마리아 신심(信心)회 회장직 임명장이었다. 토요일 아침마다 신심회가 예배당에 모여 작은 예배를 낭송할 때면 그는 오른쪽 자기 자리에 앉아 아이들을 주도했다. 그는 그런 거짓된 자신의 자리 때문에 고통스러워하지 않았다. 때로는 그 명예로운 자리에서 벌떡 일어나 모든 사람들에게 자기가 그럴 자격이 없음을 고백하고 예배당을 떠나고 싶은 충동을 느끼기도 했다.

하지만 그들의 얼굴을 바라보면 그런 충동은 이내 사라졌다.

선생이 다음 시간에 풀어야 할 계산 문제를 표시해주고 교실에서 나갔다. 얼마 후면 교장 선생이 교실에 들어올 예정이었다. 스티븐은 자기 자리에 앉아 교장의 날카롭고 가혹한 얼굴을 떠올렸다. 그러자 몇 가지 질문들이 그의 머리에 오락가락하기 시작했다.

만약 어떤 사람이 젊은 시절 1파운드의 돈을 훔쳐 그 돈으로 엄청난 돈을 벌었다면 그는 얼마를 도로 내놓아야 할까? 그가 훔친 1파운드? 아니면 거기에 복리 이자를 합친 금액? 아니면 그의 엄청난 재산 전부?

어떤 아이가 세례를 받는데 말씀이 있기 전에 물을 부어버린다면 그 아이는 세례를 받은 걸까, 아닐까? 세례는 물에 있는 걸까, 말씀에 있는 걸까? 생수로 세례를 받아도 유효할까?

성서에서 마음이 가난한 자에게 천국을 약속해놓고 이어서 온유한 자에게 땅을 약속하는 건 무슨 영문인가? 성찬식 때 예수 그리스도께서는 빵에 계신가, 아니면 포도주에 계신가? 그 둘 중 한 곳에 계신다면 왜 성체 성사는 빵과 포도주 두 가지로 행해지는 것인가? 축성된 빵 조각에는 예수 그리스도의 몸 전체가 들어 있는가, 아니면 일부만 들어 있는가? 축성된 이후

제3장

빵이 상해버리거나 와인이 식초로 변해 버려도 예수 그리스도는 여전히 그 안에 현존하고 계신가?

잠시 후 교장이 들어와서 말했다.

"토요일은 성 프란시스 사비에르 축일이다. 축일을 기념하여 수요일 오후부터 피정(避靜)이 있을 것이다. 금요일까지 이어질 것이며 금요일에는 묵주 기도 후 고해가 있을 것이다. 그런 후 토요일 아침 9시에 모두 미사를 드리고 영성체를 할 것이다. 토요일과 일요일은 휴일이다. 토요일과 일요일이 휴일이라고 해서 월요일도 휴일로 생각하는 학생이 없기를 바란다. 내 생각에는 롤리스, 네가 그런 실수를 할 것 같구나."

"제가요? 왜요?"

롤리스의 항변에, 교실에 조용한 웃음이 번졌다. 하지만 스티븐의 마음은 두려움에, 마치 시들어가는 꽃처럼 천천히 접히고 사그라졌을 뿐이었다. 교장은 성 프란시스 사비에르가 이 학교의 수호성인이시며, 그분이 생전에 얼마나 위대한 영혼을 지닌 분이었고 위대한 업적을 남기셨는지 일장 연설을 한 후 다음과 같은 말로 끝을 맺었다.

"그분께는 산을 움직일 만한 믿음이 있었다. 한 달에 1만 명의 이교도를 하느님의 나라로 이끌었다. 그분은 천국에서 막강

한 힘을 지닌 성인이시다. 기억하라! 우리의 슬픔으로부터 우리를 중재해주실 힘! 우리의 영혼에 유익한 것이라면 무엇이든 우리가 기도하는 것을 얻게 해주실 힘! 무엇보다 우리가 죄를 지었다면 회개할 수 있게 자비를 베풀어주실 힘을!

위대한 성인이신 성 프란시스 사비에르! 위대한 영혼의 어부!"

교장은 이야기를 멈춘 후 학생들을 예리한 눈으로 둘러보았다. 그 눈동자에서 불길이 이는 것 같았다. 스티븐의 마음은 모래 폭풍이 불어올 것을 미리 감지한 사막의 꽃처럼 시들어버렸다.

***

"'오로지 마지막 일을 기억하고 영원히 죄를 짓지 말지어다' 「전도서」 7장 14절의 말씀입니다. 성부와 성자와 성령의 이름으로 아멘."

스티븐은 예배당의 앞쪽 의자에 앉아 있었다. 아놀 신부는 제단 왼쪽 탁자 앞에 서서 강론을 하고 있었다. 그는 묵직한, 소매 없는 외투를 어깨에 걸치고 있었다. 이렇게 이상하게 다시 나타난 옛 선생의 창백한 얼굴은 스티븐에게 클론고우즈에서의 생활을 다시 떠오르게 했다. 아이들이 북적거리던 운동장,

하수통, 그가 묻혔으면 하고 꿈꾸었던 작은 묘지, 그가 아파서 누워 있던 양호실의 벽에 비치던 불빛, 마이클 신부의 슬픔에 가득 찬 얼굴. 그 기억들이 되살아나면서 그의 영혼은 다시 한 번 어린아이의 영혼이 되었다.

아놀 신부의 강론이 계속되었다.

"그리스도 안의 어린 형제들이여, 우리는 가장 위대한 성자들 중의 한 분인 성 프란시스 사비에르를 경축하고 기리기 위해 오늘, 복잡한 외부 세상을 떠나 이곳에 모였습니다. 아주 오래전부터 이 학교 학생들은 이 예배당에 모여 피정을 해왔습니다. 이 피정의 뜻은 무엇일까요? 왜 하느님과 사람들 앞에서 진실한 기독교인의 삶을 살려는 사람들에게 피정이 가장 유익한 실천이라고 말하는 것일까요?

여러분, 피정이란 우리 삶의 근심 걱정으로부터, 일상생활의 근심 걱정으로부터 물러나 우리의 양심 상태를 점검하고 거룩한 종교의 신비에 대해 명상하고 우리가 왜 이 세상에 존재하는지 더 잘 이해할 기회를 갖는 것을 말합니다. 이 며칠간 나는 여러분들에게 '마지막 네 개의 것', 즉 4단(端)이라고 부르는 것에 대한 생각들을 보여줄 작정입니다. 여러분들이 이미 교리문답을 통하여 잘 알고 있겠지만 4단이란 죽음, 심판, 지옥, 천국을 말합니다. 우리는 며칠간 이 네 가지를 완전히 이해하고, 그를 통해 우리의 영혼에 영원한 은혜가 내릴 수 있도록 노력할 것입니다.

여러분, 우리가 이 세상에 보내진 것은 한 가지 이유, 오로지 한 가지 이유 때문이라는 것을 잊지 마십시오. 바로 하느님의 거룩한 뜻을 행하고 우리의 불멸의 영혼을 구원하기 위해서입니다. 그에 비하면 다른 모든 것들은 가치가 없습니다. 영혼을 구원하는 것 그것만이 진정으로 가치가 있는 것입니다. 불멸의 영혼을 잃고 고통받게 된다면 이 세상 전부를 손에 넣은들 무슨 소용이 있겠습니까?

그러니 여러분, 이 며칠 동안 모든 세속적인 생각에서 벗어나, 오로지 여러분의 영혼의 상태에만 관심을 집중하길 요구합니다. 이 순간 혹시라도 하느님의 거룩한 은총을 잃고 크나큰 죄악에 떨어진, 그런 이루 말할 수 없는 불행을 겪은 영혼이 있다면 이 피정이 그 영혼에게 전환점이 될 수 있으리라고 믿으며 그렇게 되도록 열심히 기도하겠습니다. 여러분은 온갖 세속적인 생각들을 여러분들에게서 몰아내고 오로지 4단, 즉 죽음, 심판, 지옥, 천국만을 생각하십시오. 「전도서」에 이르길, 이것을 기억하는 자는 영원히 죄를 짓지 않을 것이라고 했습니다. 이

것이 바로 내가 여러분들에게 내리는 축복입니다. 성부와 성자와 성령의 이름으로 아멘."

스티븐은 친구들과 말없이 숙소로 돌아가면서 그의 마음을 짙은 안개가 감싸는 듯 느꼈다. 그는 멍한 마음 상태에서 안개가 걷히고 안개가 감추고 있던 것이 드러나기를 기다렸다.

식욕도 없어 저녁을 대충 때우고 창밖을 내다보았다. 희미한 불빛 사이로 사람들이 여기저기 오가고 있었다. 그의 마음속 안개를 뚫고 희미한 두려움의 빛이 솟아올랐다. 그의 영혼은 점점 살이 쪄서 추한 기름 덩어리로 굳어진 채, 두려움을 느끼며 위협적인 어둠 속으로 점점 빠져들었으며, 무기력해진 그의 육신은 불안으로 어찌할 바를 모르며 침침해진 눈으로 앞을 응시하고 있었다.

다음 날은 죽음과 심판에 관한 설교가 이어졌다. 설교자가 쉰 목소리로 스티븐의 영혼에 죽음을 불어넣자, 흐릿하게 깜빡이던 두려움은 정신적 공포로 변했다. 그는 죽음의 냉기가 자신에게 다가오는 것을 느꼈다. 그리고 그의 영혼은 심판받았다. 미처 제정신을 차리기도 전에 그의 육신은 죽었고 그의 영혼은 공포에 질려 심판의 자리에 서 있었다.

오랫동안 자비로우셨던 하느님은 그때에는 공정하다. 하느님은 오랫동안 인내하시며 죄 많은 영혼에게 회개할 시간을 주셨다. 그러나 이제 그 시간은 지나갔다. 하느님께 반항하며 하느님의 명령을 어기고 인간들을 속이고 농락하던 그 시간은 끝났다. 이제 하느님의 차례가 왔다. 하느님은 절대로 속거나 농락당하지 않으실 것이다. 모든 죄가 숨어 있던 장소에서 튀어나올 것이다. 그때가 되면 위대한 황제였든, 위대한 장군이었든, 놀라운 발명가였든, 학식이 높은 자였든 무슨 소용이 있겠는가? 하느님의 심판 자리 앞에서는 누구나 똑같아지는 법이다. 하느님께서는 선한 자에게는 상을 내리고 악한 자는 벌하실 것이다. 그 심판은 단 한순간에 이루어지리라. 각각의 심판이 끝나면 영혼은 행복이 가득한 천국으로 가거나, 연옥으로, 혹은 울부짖으며 지옥으로 가리라.

그게 전부가 아니다. 하느님의 정의는 사람들 앞에서 그 진실성을 입증해야만 한다. 개별적인 심판이 내려진 후에도 전체에 대한 심판이 남아 있다. 최후의 날이 왔다. 심판의 날이 다가왔다. 하늘의 별이 지상으로 떨어지고 태양은 상복처럼 되어 버리고 달은 핏빛이 되었다. 하늘이 두루마리처럼 말려 버리고 대천사 미카엘이 나타났다. 그는 한 발은 바다에, 한 발은 육지에 디딘 채 대천사의 나팔을 요란하게 울려, 죽음의 시간을 알

린다. 세 번에 걸친 대천사의 나팔 소리가 우주 전체에 울려 퍼진다. 이제까지 시간이 존재했지만 더 이상 시간은 존재하지 않으리라.

마지막 나팔 소리에 모든 인류의 영혼, 부자와 가난한 자, 귀한 자와 천한 자, 현명한 자와 바보, 착한 자와 사악한 자의 영혼들이 모두 여호사밧 골짜기로 몰려든다. 이제까지 존재했던 모든 영혼들, 아직 태어나지 않은 영혼들, 아담의 모든 아들, 딸들의 영혼들이 모두 이 최후의 날에 모인다.

그리고 보라! 최후의 전능하신 심판관이 오신다. 그분은 더이상 하느님의 어린 양이 아니며, 더 이상 온유한 나사렛 예수도 아니고, 더 이상 슬픔의 인간도 아니며, 더 이상 선한 목자도 아니다. 그분은 이제 구름을 타고 천사들의 호위를 받으며 강력하게 위엄을 갖춘 채 오신다. 최후의 판관이신 그분의 판결에 대해서는 그 누구도 항소할 수 없으며 항소도 없을 것이다.

그날은 올 것이며 오기 마련이고 와야만 한다. 죽음의 날과 심판의 날! 인간은 죽기 마련이고 죽은 뒤에는 심판을 받게 되어 있다. 긴 병을 앓다 죽을지, 예기치 않은 사고를 당할지 불확실하지만 죽음은 반드시 온다. 하느님의 아들은 예기치 않고 있을 때 찾아오신다. 그러니 준비하라. 언제라도 죽을 수 있으니.

죽음과 심판은 우리의 지상에서의 삶을 종결짓는 어두운 입구이다. 알지 못하는 것, 보이지 않는 것을 향해 열려 있는 입구이다. 모든 영혼은 자신이 행한 선행 이외에는 그 어느 것의 도움도 받지 못한 채, 도와줄 친구도, 형제도, 선생도, 부모도 없이, 홀로 부들부들 떨며 그 입구를 지나간다. 그런 생각을 늘 간직하고 산다면 우리는 죄를 지을 수가 없으리라. 죄인에게는 두려운 순간인 죽음이, 선하고 자비로움을 행하며 올바른 길을 갔던 자들에게는 축복의 순간이다.

그 모든 설교 한 마디, 한 마디가 모두 스티븐을 향한 것이었다. 하느님의 모든 분노가 그가 저지른 더럽고 비밀스러운 죄를 향하고 있었다. 설교자의 칼날이 그의 파헤쳐진 양심 깊숙이 파고들었으며 이제 그는 자신의 영혼이 죄 속에서 곪아 가고 있다고 느꼈다. 그렇다, 설교자가 옳았다. 하느님의 순서가 오고 있었다. 천사의 심판의 말씀이 뻔뻔스러운 그의 평화를 산산조각냈다. 심판의 날에 불어온 맹렬한 바람이 그의 마음속에 불어왔고, 그의 죄, 스티븐 앞에서 보석처럼 반짝이던 매춘부들의 눈은 마치 태풍 앞에서 겁에 질린 쥐들처럼 갈기털을 세우고 몸을 움츠린 채 도망갔다.

비가 내리고 있었다. 그 소리 없는 비가 영원히 내릴 것 같았다. 물이 조금씩 불어나 저 숲과 나무와 집들을 덮어버릴 것 같았다. 40일 낮과 40일 밤 동안 물이 지구 표면을 완전히 덮어버릴 때까지 비가 내릴 것이다.

오후에도 아놀 신부의 설교가 이어졌다.

"'땅이 목구멍을 열고 입을 찢어지게 벌릴 것이니.' 어린 형제 여러분, 「이사야」 5장 14절의 말씀입니다. 성부와 성자와 성령의 이름으로 아멘.

여러분이 알다시피 아담과 이브는 우리 인류 최초의 조상입니다. 하느님은 루시퍼와 그에 동조하여 반란을 일으킨 천사들의 빈자리를 채우기 위해 그들을 창조하셨습니다. 루시퍼는 아침의 아들이었으며 찬란하게 빛나는 강력한 천사였다고 합니다. 하지만 그는 타락했습니다. 그리고 그와 함께 천군(天軍)의 3분의 1이 타락했습니다. 그는 반란자들과 함께 지옥에 떨어져 신음하고 있습니다. 그의 죄가 무엇이었는지 우리는 말할 수 없지만 신학자들은 오만의 죄라고 말합니다. '나는 섬기지 않겠노라'라고 말한 바로 그 순간이 곧 그의 파멸이었습니다.

이후 아담과 이브가 창조되어서 에덴동산에 살게 되었습니다. 풍요로운 대지는 그들에게 온갖 선물을 주었습니다. 짐승과 새들은 기꺼이 그들의 종이 되었고, 그들은 육신이 겪게 되어 있는 불행, 질병, 가난과 죽음을 알지 못했습니다. 하느님은 그들에게 모든 것을 다 주면서 단 한 가지 조건만 내걸었습니다. 하느님 말씀에 복종하라는 것, 바로 그 조건이었습니다. 따라서 그들은 금단의 열매를 먹어서는 안 되었습니다.

여러분, 그들도 타락했습니다. 한때는 빛나는 천사였고 아침의 아들이었던 악마가 뱀의 모습을 하고 그들에게 다가갔습니다. 그는 질투가 났습니다. 자기가 지은 죄로 몰수당한 것을 한낱 진흙으로 빚은 인간이 차지하다니! 그는 좀 더 약한 쪽인 여자에게 다가가 속삭였습니다. 그는 그녀와 아담이 금단의 열매를 먹으면 하느님처럼 될 수 있다고 부추겼습니다. 그녀는 유혹에 넘어가 사과를 먹고 그것을 아담에게도 주었습니다. 그녀에게 저항할 만한 정신적 용기가 없던 아담도 받아먹었습니다. 사탄의 독 발린 혀가 성공한 것입니다. 그들은 추락했습니다.

미카엘이 나타나 그들을 에덴동산으로부터 병과 노역이 있는 세상, 잔인함과 실망이 있는 세상으로, 그곳에서 이마에 땀을 흘려 먹을 것을 구하라며 몰아냈습니다. 하지만 자비로우신 하느님은 자신의 독생자를 그들을 구원하라고 그곳에 보내셨습니다.

그분이 오셨습니다. 그분은 순결하신 동정녀 성모 마리아에게서 태어나셨습니다. 그들이 그분의 말을 들었을까요? 물론 들었습니다. 하지만 귀를 기울이지는 않았습니다. 그분은 보통 범죄자처럼 묶여 광대처럼 조롱당하셨고, 채찍질을 당하셨으며, 가시 면류관을 쓰고 거리로 끌려 다니셨고 형틀에 매달려 창으로 옆구리를 찔렸습니다. 우리 주님의 상처 입은 몸에서 물과 피가 끊임없이 솟아났습니다.

그러나 주님은 그렇게 극도의 고통을 당하는 순간에도 인류를 동정했습니다. 그분은 거룩한 교회의 문을 세우시고 지옥의 문이 결코 그 교회를 이기지 못하리라고 약속하셨습니다. 인간이 그분이 세운 교회의 말씀에 복종하면 영생을 누릴 것이라고 약속하셨습니다. 그러나 인간이 여전히 사악한 삶을 이어간다면 그들에게는 영원한 고통과 지옥이 있을 것이라고 약속하셨습니다.

그렇다면 하느님의 정의로움이 죄를 지은 자를 영원히 벌하기 위해 만드신, 저주받은 자들의 거처가 어떤 곳인지 가능한 한 실감나게 알아보기로 하지요. 지옥은 좁고 어두우며 고약한 냄새가 나는 감옥입니다. 불과 연기로 가득 찬 그곳에 악마들과 길 잃은 영혼들이 머물고 있습니다. 하느님은 하느님의 율법에 얽매이기를 거부하는 자들을 옥조이기 위해 그곳을 아주 좁게 만들었습니다. 지상의 감옥에서는 죄수들이 몸을 움직이고 눕힐 최소한도의 자유와 공간이 있습니다. 하지만 지옥은 그렇지 않습니다. 지옥에서는 벌을 받는 자들의 숫자가 너무 많아서 그들은 겹겹이 쌓여 있습니다. 완전히 꼼짝달싹할 수 없기에 성 안셀모는 심지어 자기 눈을 파먹는 벌레도 떼어낼 수 없을 지경이라고 비유적으로 표현했습니다.

그들은 온통 어두운 가운데 누워 있습니다. 지옥의 불은 빛을 내지 않기 때문입니다. 하느님의 명에 의해서, 지옥의 불은 뜨겁게 타오르고 있지만 영원한 어둠 속에서 타오르고 있을 뿐입니다. 이 세상 재앙 중에 가장 큰 재앙이 바로 어둠의 재앙입니다. 여러분 주변이 영원히 어둡다고 상상해보십시오. 그 끔찍함을 어찌 말로 표현할 수 있겠습니까.

이 좁고 어두운 감옥에는 끔찍한 악취가 풍기고 있어 더욱 무시무시한 곳이 됩니다. 최후의 날의 무시무시한 큰불이 세상을 휩쓸고 나면 이 세상 모든 오물들, 이 세상 모든 찌꺼기들과 쓰레기들이 마치 하수구로 몰려가듯 그곳으로 몰려갈 것입니다. 그곳의 공기는 더러워서 더 이상 들이마실 수 없게 됩니다. 썩어 문드러져 가는 시신들이 훨훨 타오르는 유황불에 휩싸여 질식할 듯한 연기를 빽빽하게 내뿜는다고 상상해보십시오. 그 냄새가 얼마나 끔찍하겠습니까?

하지만 처벌받는 자들의 고통은 그 악취로 끝나는 게 아닙니다. 지옥에서 죄인들은 불 고문을 받습니다. 지상의 불은 인간의 이익을 위해, 인간의 기술을 발전시키기 위해 하느님께서 창조하신 것이지만 지옥의 불은 회개하지 않는 죄인들을 벌하기 위해 창조하신 것입니다. 이 무시무시한 유황불은 벌 받는 자의 밖에서만 타오르는 게 아니라 길 잃은 영혼의 장기(臟器)에서도 활활 타오르고 있어, 그 몸 자체가 바로 지옥이 됩니다. 그 비참함을 상상해보십시오. 혈관 속에서는 피가 부글부글 끓고 있고 두개골 속의 뇌가 끓고 있으며, 심장은 터져나갈 듯 활활 타오르고 있고, 내장들은 벌겋게 달아오르고 있는 모습을."

설교자는 이어서 지옥에는 오로지 죄를 지은 자들만 곁에 있기에, 그들이 받는 처절한 고통만 볼 수 있을 뿐 아무도 도와줄 이 없기에 고통이 배가 된다고 말한 후 다음과 같이 덧붙였다.

"그 벌 받은 영혼들은 악마들과 함께 지낼 수밖에 없기에 그 고통이 절정에 달합니다. 이 악마들은 한때는 아름다운 천사들이었지만 한때 아름다웠던 바로 그만큼 끔찍하고 추하게 되었습니다. 그들은 자신들이 파멸로 이끌어 지옥에 빠지게 된 영혼들을 비웃고 조롱합니다. '왜 죄를 지었지?' '왜 친구의 유혹에 귀를 기울였지?' '왜 경건한 일과, 선행으로부터 등을 돌렸지?' '왜 그 음탕한 습관을 버리지 못했지?' '왜 죄를 회개하고 하느님께 돌아가지 않았지? 하느님께서는 네 죄를 사하여주시려고 기다리고 있거늘.' '너희들에게는 이제 영원한 형벌만이 있을 뿐 더 이상 시간은 존재하지 않으리.'

악마들은 그렇게 죄짓고 벌 받는 자들을 비웃고 조롱합니다. 악마들은 자신들이 유혹해서 죄를 짓게 한 자들을 반갑게 맞는 것이 아니라 그들을 조롱하고 질책하고 혐오합니다. 왜일까요? 악마들은 하느님께 반항한다는 죄를 지었지만 인간들이 저지른 그 추악한 죄들 앞에서는 고개를 돌릴 수밖에 없기 때문입니다.

그러니 그리스도의 어린 형제들이여, 그런 저주의 말을 듣지 않는 운명이 그대들과 함께 하기를! 그 무서운 심판이 내리는 마지막 날에 이 예배당에 모인 사람들 중 단 한 명도 위대한 심판관으로부터 '영원히 내 앞에서 사라져라!'라는 판결을 받지 않기를! 우리 중 그 누구도 '너희 저주받은 자들아, 내게서 멀어져 악마와 그 무리들을 위해 준비된 영원한 불길 속으로 들어가라!'라는 끔찍한 선고를 받지 않기를!"

예배당 통로를 내려오는 스티븐의 다리가 후들거렸고 머리는 마치 유령이 손가락을 대기라도 한 듯 떨렸다. 걸음을 걸을 때마다 자기가 이미 죽은 것이나 아닌지, 그가 우주 공간을 뚫고 거꾸로 처박히는 것이나 아닌지 두려웠다.

그는 두 발로 땅을 딛고 서 있기가 힘들어서 책상 앞에 무너지듯 앉아 아무 책이나 펼쳐 들었다. 그러나 글이 눈에 들어오지 않았다. 설교자의 모든 말씀이 그를 향한 것이었다. 전능하신 하느님은 언제라도 자신을 부를 것이다. 아니, 지금 바로 부르실지도 모른다. 아니, 이미 부르셨다. 마치 게걸스럽게 날름거리는 불꽃이 다가오는 것을 느끼듯 그는 몸을 움츠렸다. 그는 이미 죽었다. 이미 심판을 받았다. 그의 두뇌에서 지옥! 지옥! 지옥! 하는 비명 소리가 울렸다.

그는 책상 앞에 힘없이 기대어 있었다. 그는 죽지 않았다. 하느님이 아직 그에게 자비를 베풀어주신 것이다. 그는 아직 학교라는 익숙한 세계에 있었다. 테이트 선생과 헤런이 창가에 서서 내리는 비를 바라보며 농담을 건네고 있었다. 그에게 너무 익숙한 학생들의 말소리, 다시 찾아온 침묵, 아이들이 조용히 점심을 우물거리며 내는 소리들이 그의 아픈 영혼을 달래주었다. 아직 시간이 있었다. '오, 성모 마리아여! 죄인들의 은신처여! 저를 위해 중재해 주소서! 오 순결한 동정녀여, 저를 죽

음의 심연으로부터 구원해 주소서!'

영어 시간에는 역사에 관한 수업부터 시작되었다. 왕족들, 충신들, 음모자들, 주교들이 그 이름 뒤에 숨어 마치 베일에 싸인 유령들처럼 지나갔다. 모두 죽은 사람들이었다. 모두 심판을 받은 사람들이었다. 그들이 세상을 다 얻었다 하더라도 영혼을 잃는다면 무슨 소용이 있겠는가? 마침내 그는 이해했다. 선생의 질문에 대답하기 위해 그가 입을 열었을 때, 그에게는 겸손과 회한에 가득 찬 평온한 자신의 목소리가 들렸다.

'그래, 아직 용서받을 수 있어. 진심으로 회개하고 용서를 받아야 해. 그러면 저 위, 천국에 계신 분들이 자신이 자신의 죄를 씻기 위해 어떻게 하는지 지켜보시리라. 평생, 언제나. 다만 기다려주시길.'

심부름꾼이 와서 곧 예배당에서 고해성사가 진행될 것이라고 말했다. 제일 먼저 네 명의 소년이 교실을 떠났다. '그래, 고해를 해야 해. 하지만 학교에서는 안 돼. 학교로부터 멀리 떨어진 어두운 곳에서 자신의 수치스러운 죄를 우물거리며 말하리라. 모든 것을 진심으로 고백하리라.' 그는 자신이 학교에서 고해하지 않은 것을 하느님께서 용서해주시길 빌었다.

오후에도 다시 설교가 이어졌다. 신부는 죄를 범한 자가 받게 될 고통에 대하여 강론을 펼쳤다. 그가 받는 고통 중에 가장 큰 것은 상실의 고통으로서, 어머니와 아이가 헤어지는 것, 친구와 헤어지는 것도 큰 고통이지만 하느님으로부터 영원히 분리되는 것만큼 큰 고통은 없다고 그는 설교했다. 이어서 그는 양심의 고통에 대해 설교했다. 죄를 지은 자는 양심이라는 벌레가 계속 자신을 찔러댄다는 것이었다. 이어서 그는 그 고통이 조금도 완화되지 않고 점점 더 커지기만 하기에 겪게 되는 고통에 대해 설교했다. 그는 그 고통이 영원하다는 것, 언젠가 시간이 되면 끝나리라는 희망이 없다고 말하면서 그 희망이 없다는 것이 가장 큰 고통이라고 말한 후 이렇게 맺었다.

"루시퍼와 천군의 3분의 1은 한순간의 지성의 반항으로 영광스러운 자리에서 추락했습니다. 한순간의 어리석음과 나약함 때문에 아담과 이브는 낙원에서 추방되어 세상에 죽음과 고통을 가져왔습니다. 그 죄를 씻어주기 위해 하느님의 독생자가 이 세상에 내려오셨고, 십자가에 세 시간 동안 매달려 가장 고통스러운 죽음을 당하셨습니다.

예수 그리스도 안의 내 어린 형제들이여, 우리가 그 선한 구세주를 거스르고 그의 분노를 일으켜야 합니까? 우리가 그분의 찢기고 난도질당한 시신을 다시 짓밟아야 합니까? 우리가 그렇게 슬픔과 사랑에 가득 찬 얼굴에 침을 뱉어야 하겠습니까? 우리들의 죄가 담긴 말 한마디 한마디가 그분의 부드러운 옆구리에 상처를 내는 것이며, 우리들의 죄스러운 행동 하나하나가 그분의 머리를 찌르는 가시입니다. 우리들이 행동에 옮기는 불순한 생각 하나하나가 그분의 거룩하고 사랑이 넘치는 가슴을 찌르는 창입니다. 안 됩니다. 정녕 안 됩니다. 어떤 인간도 그렇게 하느님의 뜻에 거스르는 짓을 할 수 없습니다. 영원한 고통으로 벌 받을 일, 하느님의 아들을 다시 십자가에 못박고 그분을 조롱거리로 만드는 일은 할 수 없습니다.

나의 이 빈약한 말들이 은총을 받은 사람들의 마음을 더욱 굳건하게 하고 혹시 길을 벗어나 방황하는 불쌍한 영혼이 여러분들 중에 있다면 그 영혼이 다시 은총의 자리로 돌아올 수 있게 해주기를 기원합니다. 자, 모두 기도합시다. 하느님은 인류에 대한 사랑으로 불타오르고 계시며 괴로움에 빠진 자를 위로해주십니다. 두려워 마십시오. 자신이 지은 죄가 아무리 크더라도, 아무리 흉측한 죄를 지었더라도 그 죄를 회개하면 용서를 받을 수 있을 것입니다. 세속적 부끄러움 때문에 주저하지 마십시오. 하느님은 언제나 자비로우신 주님이시기에, 죄를 지은 자가 영원히 죽기를 원하시는 게 아니라, 그가 회개하여 살아

가기를 원하십니다.

자, 하느님께서 부르십니다. 여러분은 그분의 것입니다. 하느님은 무에서 여러분을 창조하셨습니다. 하느님은 오로지 하느님만이 하실 수 있는 사랑으로 여러분을 사랑하십니다. 여러분이 비록 하느님께 죄를 지었다 하더라도 하느님은 여러분을 향해 두 팔을 벌리고 계십니다. 가엾은 죄인이여, 헛된 바람으로 방황하는 죄인이여, 그분께 오라! 지금이 바로 그분이 받아들일 시간이니라! 지금이 바로 그 시간이니라!"

사제는 가톨릭 기도서의 통회의 기도를 먼저 암송했고 소년들이 한 구절 한 구절 따라서 응했다. 스티븐은 혀가 입천장에 달라붙은 것 같아 마음속으로만 기도했다.

***

그는 저녁을 먹고 나서 방으로 올라갔다. 자신의 영혼과 홀로 있기 위해서였다. 매 계단마다 그의 영혼이 한숨을 내쉬는 듯했다. 그는 문을 열고 재빨리 침대로 걸어가 침대 옆에 무릎을 꿇고 앉아 손으로 얼굴을 감쌌다.

그건 악마가 한 짓이었다. 악마가 그를 공격하여 그의 생각을 흩어버리고 그의 양심을 흐리게 한 것이었다. 그는 자신의 나약함을 용서해달라고 하느님께 기도하며 침대에 기어올라 시트를 머리에 꽁꽁 둘러썼다.

'아아, 나는 죄를 지었다. 나 자신 스티븐 디덜러스가 그런 짓을 할 수 있었단 말인가?' 그의 양심은 그에 대답하듯 한숨을 내쉬었다. 그렇다, 자기는 남몰래, 추잡하게 그런 짓들을 때때로 저질렀으며, 회개하지도 않은 채, 자신의 영혼이 썩어가면서도 성궤 앞에서조차 경건을 가장했다. 어찌하여 하느님은 자신을 쳐 죽이지 않으신 것인가? 그가 지은 죄들이 마치 나병 환자들처럼 그를 에워싸고 있었으며, 그에게 숨을 내뿜고 있었고, 그를 사방에서 굽어보고 있었다. 그리고 이어서 지옥이 그에게 다가왔다. 악취가 풍기는 악귀들의 지옥! 지옥! 신부가 강론으로 보여준 지옥의 모습 그대로였다. 그 악취가 그의 내장까지 스며들자 그는 견디지 못하고 침대에서 벌떡 일어났다. 그는 세면대로 가서 고통스럽게 구토를 했다.

그는 기도했다. 그리고 눈물로 눈이 흐려졌다. 그는 겸손하게 하늘을 올려다보며 그가 잃어버린 순결함을 애통해하며 울었다.

저녁이 되자 그는 숙소에서 나왔다. 그의 양심에서는 고해하라! 고해하라! 라는 외침이 들리고 있었다. 그는 모든 죄를 고백해야 했다. 아아, 하지만 어떻게 신부님에게 자기가 한 일을 수치심으로 죽어버리지 않은 채 일일이 다 설명할 수 있단 말인가! 하지만 해야 한다! 다시 자유롭고 결백한 상태가 되기 위해서는 해야만 한다! 그래, 할 거다!

그는 길에서 만난 노파에게 성당이 어디 있느냐고 물었다. 노파는 오른손을 들어 그에게 성당이 있는 쪽을 가리켰다. 그는 성당으로 들어갔다.

신도들 몇 명이 고해소 옆 긴 의자에 앉아 순서를 기다리고 있었다. 그는 다른 사람들이 고해하는 동안 끊임없이 기도를 하며 자신의 순서를 기다렸다. 그에게는 아직 그곳을 떠날 시간이 있었다. 일어나서 조용히 한 발 한 발 내딛으며 밖으로 나간 후 어둠 속으로 달려가면 그뿐이었다. 그렇게 하면 수치(羞恥)로부터 도망갈 수 있었다. 아아, 차라리 그 죄가 아니었더라면! 다른 끔찍한 범죄였더라면! 차라리 살인이었다면! 작은 불똥들이 떨어져 그의 부끄러운 생각들, 부끄러운 말들, 부끄러운 행동들을 전부 건드렸다. 수치심이 마치 고운 재처럼 계속 떨어져 그의 온몸을 덮어버렸다. 그걸 말로 하다니! 그의 영혼은 숨이 막혀 어쩔 줄 모르는 채, 그대로 사라져 버릴 것만 같았다.

미닫이가 갑자기 열렸다가 닫히더니 바로 그의 앞 고해자가 고해소에서 나왔다. 그는 겁에 질린 채 자리에서 일어나 무턱대고 고해소로 걸어갔다. 그래, 하느님은 뉘우치는 자는 용서해 주신다고 하셨어. 그리고 나는 지금 진정으로 뉘우치고 있어. 고해소로 들어간 그는 길 잃은 짐승처럼 고개를 좌우로 흔들면서 흐느끼는 입술로 기도했다.

"죄송합니다! 죄송합니다! 죄송합니다!"

미닫이문이 열리자 그의 가슴이 쿵쿵 마구 뛰었다. 창살을 통해 늙은 신부의 모습이 보였다. 그는 한 손으로 턱을 괸 채, 그를 외면하고 있었다. 스티븐은 성호를 그은 후, 자신이 죄를 지었으니 축복을 내려달라고 사제에게 기도했다. 그런 후 그는 고개를 숙이고 '고백의 기도'를 암송했다. '크나큰 죄를 지었사오니'라는 구절을 암송할 때는 숨이 막혀 그는 기도를 멈추었다.

"마지막 고해를 한 지 얼마나 되었지요?"

"오래전입니다, 신부님."

"한 달?"

"더 됩니다, 신부님."

"석 달?"

"더 오래전입니다, 신부님."

"그럼 여섯 달?"

"여덟 달입니다, 신부님."

사제가 물었다.

"그래, 그 이후 무엇이 기억나나요?"

그는 자기 죄를 고백했다. 미사에 빠졌고, 기도를 하지 않았으며 거짓말을 했다고 고백했다.

"그뿐인가요?"

스티븐은 분노와 시기와 식탐, 허영, 불복종 등의 죄를 고백했다.

"그 외에 또 다른 죄는요?"

더 이상 도망칠 곳이 없었다. 그는 중얼거렸다.

"불결의 죄를 저질렀습니다, 신부님."

신부는 고개를 돌리지 않았다.

"혼자서요?"

"다른 사람들과 함께입니다, 신부님."

"여자들과 말인가요?"

"네, 신부님."

"결혼한 여자였나요?"

그건 그도 알 수 없었다. 그의 입술에서 죄가 하나씩 하나씩,

마치 그의 영혼으로부터 흘러나온 수치(羞恥)의 물방울처럼 뚝뚝 떨어져 내렸다. 마치 곪아터진 상처에서 고름이 나오듯, 그 더러운 악행의 물이 방울방울 떨어져 내렸으며, 마침내 마지막 죄까지 느릿느릿 새어 나왔다. 이제 더 이상 말할 것이 없었다. 스티븐은 진이 빠져 고개를 숙였다.

사제는 잠시 말이 없었다. 이윽고 그가 입을 열었다.

"몇 살이지요?"

"열여섯입니다, 신부님."

신부가 말했다.

"아직 어리군요. 그런 죄는 이제 그만 지어요. 끔찍한 죄입니다. 몸을 죽이고 영혼을 죽여요. 수많은 범죄와 불행의 원인이 됩니다. 제발 그만두어요. 그 죄를 짓는 한 그대는 하느님께 한 푼의 가치도 없는 인간이 됩니다. 우리의 성모 마리아께 구원해달라고 기도하세요. 성모 마리아께서 도와주실 겁니다. 다시 그 죄가 마음에 떠오르면 우리의 성모 마리아께 기도하세요. 그렇게 할 거지요? 당신은 이제 그 모든 죄를 뉘우치고 있어요. 그러리라고 믿어요. 그리고 다시는 그런 사악한 죄를 저질러 주님의 뜻을 거스르지 않겠다고 약속해요. 하느님께 엄숙하게 맹세할 거지요?"

제3장

113

"네, 신부님."

신부의 늙고 지친 목소리가 그의 바싹 마른 심장에 마치 단비처럼 내렸다. 얼마나 달콤하면서 슬픈지!

"그렇게 해요. 악마가 당신을 길 잃고 헤매게 했던 겁니다. 악마는 다시 지옥으로 몰아내버려요. 이제 하느님께 다시는 그 끔찍한 죄를 짓지 않겠다고 맹세하세요."

스티븐은 눈물을 흘리며 고개를 숙였고, 사제가 엄숙하게 용서의 표시로 손을 들어올렸다.

"하느님의 축복이 있기를! 자, 나를 위해 기도하세요."

스티븐은 무릎을 꿇고 참회의 기도를 올렸다. 순결해진 그의 마음에서 나온 기도가 장미꽃 향기처럼 하늘로 올라갔다.

돌아오는 진흙 길은 더없이 즐거웠다. 스티븐은 보이지 않는 은총이 충만한 것을 느끼며 가벼운 발걸음으로 숙소로 돌아갔다. 그 모든 어려움에도 불구하고 그는 해냈다. 그는 고백했고 하느님은 그를 용서해주셨다. 그의 영혼은 다시 한번 당당해졌고 경건해졌으며, 경건하면서 행복해졌다.

하느님이 그러길 원하신다면 죽음도 아름다우리라. 은총 속에서 다른 이들과 더불어 평화와 미덕과 인내의 삶을 사는 것은 아름다운 일이었다.

그는 부엌 난로 곁에 앉아 이루 말할 수 없는 행복감에 젖어 있었다. 그전까지 그는 삶이 얼마나 아름답고 평화로울 수 있는지 몰랐었다. 찬장 위에는 소시지와 푸딩이 한 접시 놓여 있었고, 선반 위에는 달걀이 있었다. 성체 배령을 한 후 아침 식사로 먹을 음식들이었다. 푸딩과 소시지와 차 한 잔! 아, 인생은 얼마나 단순하고 아름다운가!

　그는 달콤한 잠에 빠져들었고, 다음 날 아침, 경건한 마음으로 성체 배령을 했다.

제4장

매일 아침 스티븐은 그 어떤 성스러운 이미지와 신비 앞에서 자기 자신을 새로이 깨끗하게 만들었다. 그의 하루는 매 순간마다의 생각과 행동을 지고(至高)의 교황에게 영웅적으로 바치겠다는 결심을 한 채 새벽 미사에 참석하는 것으로 시작되었다. 쌀쌀한 새벽 공기가 그의 단호한 신앙심을 더욱 단단하게 해주었다. 그가 몇 명 안 되는 신도들과 함께 무릎을 꿇고 사제의 기도 소리를 따라 하고 있을 때면 그는 마치 로마의 지하 묘지 예배에 참석하고 있는 것처럼 느끼곤 했다.

그의 매일매일의 모든 생활은 신앙의 영역 안에서 이루어졌다. 그의 외침과 기도 속에는 연옥에서 고통 받고 있는 영혼들을 위한, 기나긴 세월 동안의 속죄가 축적되어 있었다. 그러나 교회 규범에 의한 그 긴 세월 동안의 고행과 참회를 비교적 쉽게 수행하면서 느끼는 승리감 속에서도 그는 자신의 기도의 열망을 전적으로 보상받고 있지는 못했다. 자신이 고뇌하고 있는 영혼들을 위해 기도함으로써, 자신의 형벌이 얼마나 감면되었는지 그는 알 수 없었기 때문이었다. 지옥의 불과는 달리 영원하지는 않은 연옥의 불길 속에서, 그는 자신의 참회가 그저 물한 방울 정도에 불과하면 어쩌나 걱정이 되었다. 그 때문에 그는 하루하루 공덕 쌓기를 게을리하지 않으면서도, 그러면 그럴수록 자신의 영혼을 더욱더 세차게 내몰았다.

그는 매일 세 번 묵주 기도를 올렸다. 그리고 매번 자신의 영혼이 세 개의 신학적 미덕, 즉 자신을 창조하신 성부에 대한 믿음과 자신을 구원해주신 성자에 대한 희망, 자신을 정화해준 성령에 대한 사랑으로 더욱 강인해진다고 느꼈다. 그리고 그럴 때마다 기쁘고 슬프며, 영광스러운 신비인 성모 마리아에게 기도했다.

그는 일주일 내내 하루도 빼놓지 않고 성령의 일곱 가지 선물이 그의 영혼에 내려, 지난날 자신의 영혼을 망쳐놓았던 일곱 가지 무거운 죄를 매일매일 몰아내주십사 기도했다. 그는 자신의 영적 진보가 어느 단계에 이르면 언젠가 거룩한 분에 의해 그의 죄 많은 영혼이 그 나약한 상태로부터 들어 올려져 찬란하게 빛을 발하게 되리라고 믿었다.

그는 사랑의 실재에 대해 더 이상 회의를 품지 않았다. 하느님 자신이 영원으로부터 온 신성한 사랑으로 자신의 개인적 영혼을 사랑하셨으니 어찌 믿지 않을 수 있겠는가? 그의 영혼이 정신적 앎으로 풍요로워지면서 그는 이 세상 전체가 하느님의 권능과 사랑이 균형 있게 표현된 것임을 볼 수 있게 되었다. 생명이란 매 순간, 매 감각이 하느님이 주신 선물이 되어, 가지에 매달린 나뭇잎을 보고도 그의 영혼은 그 생명을 주신 분께 기도하며 감사했다. 그의 영혼이 느낄 수 있게 된, 모든 자연에 깃든 거룩한 의미는 너무나 완전하고 의문의 여지가 없었기에 자신이 왜 계속 살아야 할 필요가 있는지 이해할 수 없을 지경이었다. 하지만 그것도 하느님 뜻의 한 부분이니 감히 그 이유를 묻지는 않았다. 더욱이 자신은 하느님의 의도에 반해 추잡한 죄를 저지른 존재가 아니던가?

영원히 편재(遍在)하는 하나의 완전한 실재(實在)를 의식하면서 온유해지고 겸허해진 그의 영혼은 다시 미사, 기도, 영성체, 고행 등의 신앙생활의 짐을 기꺼이 짊어졌다. 그러자 사랑의 위대한 신비에 대해 명상한 이래 처음으로 그는 자신 안에서 생명이 새롭게 태어남을 느꼈고, 영혼의 미덕이 새롭게 태어나는 것 같은 따뜻한 움직임을 느꼈다.

하지만 그는 영적인 희열의 상태나, 성인들이 성취한 고양의 상태에 이르려고 애쓰지는 않았다. 영적인 희열의 상태에서는 위험이 동반될 수 있다는 경고를 받은 적이 있었기 때문이었다. 그보다 그는 지속적인 고행을 통해 죄 많은 과거를 보상받으려고 힘썼다. 그 방법으로 그는 자신의 모든 감각들을 엄격하게 단련했다.

그는 길을 걸을 때 눈을 내리깐 채 전후좌우를 살피지 않았다. 시각의 고행을 위해서였다. 그는 여인과 눈을 마주치는 것을 피했다. 그는 이따금 의식적으로 갑작스럽게 시각을 방해하기도 했으니, 예를 들어 책을 읽다가 문장이 끝나기도 전에 갑자기 눈을 들어 올리고 책을 덮어버리는 식이었다.

청각의 고행을 위해 그는 변성기에 접어든 자신의 목소리를 전혀 통제하지 않았고 노래도 부르지 않았으며 휘파람을 불지도 않았다. 또한 칼을 가는 소리, 삽으로 재를 긁어모으는 소리, 카펫의 먼지를 털어내는 소리 등, 신경을 건드리는 소리들도 피하지 않았다.

후각의 고행은 좀 더 어려웠다. 똥 냄새처럼 밖에서 오는 냄새건, 자기 자신에게서 나는 냄새건 그는 나쁜 냄새에 대해 별로 혐오감을 느끼지 않았기 때문이었다. 하지만 그는 자신이 혐오하는 냄새가 어떤 것인지를 결국 알아냈다. 생선이 썩어서 내는 오줌 지린내 비슷한 냄새를 그는 가장 혐오했고, 그는 가능한 경우에는 언제고 그 냄새를 맡고 견디려고 애썼다. 미각의 고행을 위해서 그는 식탁에서 엄격한 습관을 지켰고, 교회 단식을 문자 그대로 철저히 지켰으며 신경을 다른 곳에 집중함으로써 여러 음식 냄새들로부터 마음을 돌리려 노력했다.

하지만 그가 가장 독창적이고 기발한 방법을 생각해낸 것은 바로 촉각의 고행에 관한 것이었다. 그는 침대에서 절대로 의식적으로 몸을 뒤척이지 않았고, 가장 불편한 자세로 앉으려고 노력했다. 모든 가려움을 끈질기게 견뎠고, 난롯불을 멀리했으며 성경을 읽을 때를 제외하고는 미사 내내 무릎을 꿇었다. 젖은 목과 얼굴을 찬 공기에 그대로 내놓아 얼얼하게 만들었으며 묵주 기도를 올리지 않을 때면 늘 두 팔을 옆구리에 착 붙이고 절대로 호주머니에 손을 넣지 않았다.

그는 큰 죄의 유혹을 느끼지 않았다. 하지만 그는 그렇게 힘든 신앙생활과 자기 억제의 노력을 했음에도 불구하고 유치하고 무가치한 결점에 그토록 쉽사리 사로잡히는 자신을 보고 놀랐다. 그의 기도와 단식은 어머니의 재채기 소리를 듣거나 기도를 방해받았을 때 화가 나는 것을 억누르는 데는 별로 효과가 없었다. 자신을 그토록 화나게 만드는 충동을 지배하려면 엄청난 의지력이 필요했다.

그는 좌절감을 느꼈다. 그리고 무엇보다 자신을 다른 평범한 사람들의 부류와 합류시키는 것이 금식이나 기도보다 어려웠다. 그 일이 만족스럽지 못하자, 그는 영적인 메마름을 느꼈다. 그에게는 영적인 교감의 순간이나 자신을 잊고 녹아버리는 것 같은 절정의 순간은 찾아오지 않았다. 자신이 죄를 면했다는 확신은 점점 사라지고, 자신의 영혼이 자기도 모르는 새 정말 타락해버린 것은 아닌가 하는 두려움이 생겼다. 그는 유혹이 잦아지고 강렬해지면서 옛 성인들이 시험에 들었던 것이 사실임을 피부로 느끼기 시작했다.

그는 기도하면서 잠시 부주의하거나, 영혼에 사소한 분노가 일거나, 언행에서 미묘하게 고집을 부리는 등, 자신에게 의혹이나 가책이 생기면 그때마다 고해를 했다. 그러면 고해 신부는 그의 죄를 사해주기 전에 과거에 지은 죄를 말해보라고 했다. 그는 겸손하게 그 죄를 다시 말했고, 그가 아무리 경건하게 살더라도 그 죄로부터 완전히 벗어날 수는 없다는 것을 생각하며 부끄러워했다. 그에게는 늘 죄에 대한 불안감이 있었다. 고백하고 회개하고 용서받으리라. 그리고 다시 고백하고 회개하고 용서받고, 결국 아무런 소득이 없으리라. 지옥에 대한 무서움으로 황급히 고백한 것만으로는 부족한 것일까? 자신에게 닥쳐올 파멸만 걱정했을 뿐, 자신이 저지른 죄에 대한 진정한 슬픔은 느끼지 못한 것일까? 하지만 그의 고해가 효력이 있었으며, 자신의 죄를 진정으로 슬프게 여겼다는 증거가 있었다. 그의 삶이 개선된 것이 바로 그 증거였다.

"나는 내 삶을 개선했잖아. 그렇지 않아?" 그는 스스로에게 물었다.

***

교장은 창가에 빛을 등지고 서서 블라인드 끈을 천천히 만지작거리면서 그에게 이야기를 하고 있었다. 교장 신부의 얼굴은 그늘에 가려 있었고, 그의 뒤쪽으로 기울어 가는 햇살이 골이 깊은 관자놀이와 두개골의 곡선을 비치고 있었다. 스티븐은 교장 신부가 이제 막 끝난 방학, 해외 교단 학교, 선생들의 전근 등 사소한 일에 대해 다정하고 느린 목소리로 하는 이야기에 귀를 기울이고 있었다. 하지만 교장의 그 이야기들은 서곡에 불과하고 뭔가 중요한 이야기가 뒤따르리라고 스티븐은 생각하고 있었다. 교장이 자신을 부른다는 전갈을 받았을 때 스티븐은 도대체 무슨 일일까, 이런저런 추측을 했지만 도무지 알 수 없었다.

교장은 도미니크 수도회에 관한 이야기를 했으며 성 토마스와 성 보나벤투라 사이의 우정에 대해서 이야기했다. 그리고 카푸친 수도회의 옷에 대해서도 이야기했다. 스티븐은 겸손하게 자신의 의견을 간간이 말했다. 스티븐은 교장이 의도적으로 가벼운 이야기를 하고 있음을 느꼈다. 교장은 스티븐의 얼굴을 자세히 살피고 있었다. 스티븐의 얼굴에 불안한 의심의 기운이 스쳐 지나갔다.

교장 신부의 목소리가 바뀌었다.

"스티븐, 내가 오늘 자네를 오라고 한 것은, 아주 중요한 문제에 관해 자네와 이야기를 나누고 싶어서라네."

"네, 교장 선생님."

"자네는 소명을 받았다고 느낀 적이 있나?"

스티븐은 그렇다고 대답하려고 입술을 열었다가 갑자기 말을 거두어들였다. 신부는 대답을 기다리다가 덧붙였다.

"그러니까, 자네 안에서, 자네의 영혼 안에서 사제단에 들려는 욕망이 일지 않았는가, 묻는 거라네. 어디 생각 좀 해보게."

"가끔 생각해본 적이 있습니다, 교장 선생님."

교장은 블라인드의 끈을 손에서 놓아 떨어뜨린 후, 두 손을 모아 신중하게 턱을 받치고 조용히 생각에 잠겼다.

이윽고 그가 입을 열었다.

"우리 같은 학교에는 하느님으로부터 종교적 삶의 소명을 받는 아이들이 한 명, 혹은 두세 명씩 있다. 신앙심이나, 타인에게 보이는 모범적인 삶의 모습에서 다른 친구들보다 두드러지는 학생들이지. 그런 사람은 남들의 존경을 받는다네. 그런데 스티븐, 우리 학교에서는 자네가 바로 그런 사람이라네. 자네는 성모 신심회 회장이 아닌가? 아마 자네가 바로 하느님께서 당신 곁으로 부르신 그런 학생인 것 같네."

스티븐의 자부심이 신부의 묵직한 목소리에 화답하여 잔뜩 부풀어 올랐고, 그의 심장이 빠르게 뛰었다.

신부가 말을 계속했다.

"그 부르심을 받는 것은, 스티븐, 전능하신 하느님께서 인간에게 내리실 수 있는 가장 큰 명예다. 지상의 그 어떤 왕이나 황제도 하느님의 사제가 가지는 권능을 누리지 못하지. 하늘의 그 어떤 천사나 대천사도, 심지어 동정녀 마리아 그분 자신도 하느님의 사제가 가진 권능은 갖고 있지 않아. 열쇠로서의 권능, 죄를 지은 자를 구속하거나 풀어주는 권능, 악령을 쫓아내는 권능, 하느님의 피조물들을 지배하는 사악한 영혼들을 쫓아내는 권능 말이다. 하늘에 계신 저 위대한 하느님을 제단으로 내려오시게 해서 빵과 포도주의 모습으로 나타나시게 하는 권능 말이다. 스티븐, 그 얼마나 엄청난 권능이냐!"

자부심에 가득 찬 교장 신부의 연설에서 스티븐은 자신의 자부심의 메아리를 듣는 것 같았고, 그로 인해 두 뺨이 불꽃처럼 달아올랐다. 자신이 사제가 되어 천사와 성자들이 경배하는 그 권능을 겸손하게 발휘할 수 있게 되기를 그는 얼마나 자주 상상했던가! 그는 자주 자신이 젊고 차분한 사제가 되어 사제의 온갖 직분들을 말없이 차분하게 수행하는 모습들을 상상하곤 했었다.

그는 말없이 경건하게 교장의 호소에 귀를 기울였다. 사제의 말 속에서 그는 좀 더 뚜렷하게, 자신에게 가까이 다가오라고 명하는 목소리, 자신에게 비밀스러운 지식과 비밀스러운 권능을 제안하는 목소리를 들을 수 있었다. 자신은 이제 마술사의 죄가 무엇인지, 성령에 거역하는, 용서받지 못할 죄가 무엇인지 알 수 있게 되리라. 다른 사람들에게는 희미하게 밖에 보이지 않는 것들을 자기는 볼 수 있게 되리라. 컴컴한 고해소에서 여인과 소녀들이 자기 귀에 대고 그들의 죄를 고백할 것이다. 그러나 안수를 통해 면역력이 생긴 자신은 그 어떤 죄에도 오염되지 않을 것이다. 기도하는 자신의 입술 위에는 그 어떤 죄의 자취도 감돌지 않게 될 것이며, 자신은 그런 순진무구의 상태에서 비밀스러운 지식과 비밀스러운 권능을 지니게 되리라.

교장이 다시 말을 이었다.

"나는 내일 아침 미사에서 전능하신 하느님께서 너에게 내리신 하느님의 거룩한 뜻을 드러내 보일 것이다. 스티븐 너는, 네 수호성인이신 첫 번째 순교자 성 스테파노에게 9일 기도를 드리도록 하라. 그분이 하느님을 대신하여 네 마음을 밝혀줄 것이다. 하지만 우선 너 자신이 부르심을 받았다는 것을 확신해야 한다. 나중에 네가 부르심을 받지 못했다는 것을 알게 되는 것처럼 끔찍한 일은 없다.

명심해라. 한 번 사제는 영원히 사제다. 신품성사(神品聖事)는 한 번 이상 받을 수 없다. 그것은 절대로 지워질 수 없는 영적인 표시를 영혼에 새겨 놓는 것이기 때문이다. 그러니 사후가 아니라 사전에 심사숙고해야만 한다. 스티븐, 이건 아주 중요한 문제이다. 네 불멸의 영혼이 구원받느냐의 문제가 여기에 달려 있으니 말이다."

교장이 홀의 묵직한 문을 열더니, 마치 스티븐이 이미 영적 삶의 동반자가 된 듯 손을 내밀었다. 스티븐은 계단 위 넓은 공간으로 나왔다. 부드러운 저녁 공기가 마치 자신을 어루만지는 것 같았다. 네 명의 젊은이들이 팔짱을 낀 채 걸어가고 있었다. 그중 한 명이 아코디언을 연주하고 있었고, 그 경쾌한 가락에 맞추어 모두들 고개를 끄덕이며 스텝을 밟고 있었다. 갑자기 들려온 음악 소리와 그들의 경쾌한 모습은 마치 갑자기 밀려든 파도가 아이들이 쌓은 모래성을 허물어버리듯이 아무런 고통도 없이, 그리고 아무런 소리도 없이, 그가 마음속에 쌓았던 환상의 구조물들을 허물어버렸다. 그는 계단으로 내려갔다. 저문날의 학교 입구가 보여주고 있는 우울한 모습에, 방금 전까지의 자기 성찰의 모습이 지워졌다. 그리고 학교생활의 그림자가 그의 의식 너머로 묵직하게 지나갔다.

그를 기다리고 있는 것은 근엄하고 규율적인 삶이었고, 열정이 제거된 삶이었으며 물질적인 걱정이 없는 삶이었다. 스티븐은 9일 기도의 첫날 밤을 어떻게 보낼 것인지, 기숙사에서 깨어난 첫날 자신이 얼마나 당황할 것인지, 구체적으로 생각하기

제4장

시작했다. 클론고우즈의 긴 복도에서 나던 고약한 냄새가 다시 되살아나는 것 같았고, 그곳의 가스불이 조용히 타던 소리가 들리는 것 같았다. 그라는 존재의 모든 구석구석에서 불안감이 일시에 분출되었다. 맥박이 열에 들뜬 듯 빠르게 뛰었고, 아무 의미 없는 소란스러운 말들이 그의 정돈된 생각을 이리저리 혼란스럽게 내몰았다. 마치 미지근하고 축축한 나쁜 공기를 들이마신 것처럼 폐가 팽창하고 수축했으며 클론고우즈 학교 욕실의 탁한 검은 물 위에 감돌던 축축한 공기 냄새가 다시 풍겨오는 것 같았다.

그 기억들을 통해 그 어떤 본능이 깨어났으며 그 본능은 교육이나 신앙심보다 강력했다. 그 본능은 그의 내부의 미묘하고 적대적인 본능들을 재빨리 깨어나게 해서, 순종적인 태도에 대항하여 그를 무장시켰다.

그에게는 이제 그런 삶의 냉기와 질서가 혐오스럽게 여겨졌다. 그는 추운 새벽에 일어나 다른 이들과 줄지어 새벽 미사에 가는 자신의 모습을 그려보았다. 그리고 흐릿하게 욕지기가 나는 것을 억지로 억누르며 헛되이 기도하고 있는 자신의 모습을 상상했다. 그리고 학교의 구성원들과 함께 저녁을 드는 모습도 상상했다. 그렇다면 낯선 집에서 먹고 마시는 것을 꺼리게 만들었던, 그의 천성적 수줍음은 어찌하란 말인가? 자신을 그 어떤 질서와도 동떨어진 존재로 여기게 만들었던, 자기 정신에 대한 자부심은 어찌하란 말인가?

예수회 사제 스티븐 디덜러스.

그의 새로운 생활에서 그가 사용하게 될 이름이 그의 눈앞에 튀어 나왔다. 그리고 그 이름에 이어 형체가 불분명한 얼굴이나 그 얼굴색에 대한 느낌이 그의 마음속에 떠올랐다. 그 색은 점차 흐려졌다가, 옅은 붉은색의 벽돌처럼 변화하면서 강렬한 빛을 발했다. 그 색은 아침에 말끔하게 면도한 사제들의 턱에서 보았던 그 벗겨진 듯한 붉은색일까? 그 얼굴에는 눈이 없었고, 분노를 억누르는 것 같은 핑크빛이 감돌았었다.

그가 그런 생각에 잠겨 있을 때 그는 바로 가디너 거리에 있는 예수회 사제들 숙소 앞을 지나고 있었다. 그는 자기가 만약 그 교단에 들어간다면 저 창문들 중 어느 것이 자기 것이 될까 궁금해졌다. 그 순간 그는 자신의 그 궁금증이 아주 미약한 것에 놀랐다. 자신의 영혼은 자기가 영원한 안식처라고 생각했던 곳과 동떨어져 있음을 발견하고 놀랐다. 그리고 그가 오랜 세월 지켜왔던 질서와 복종의 힘이 그를 붙잡기에는 너무 허약하다는 것을 알고 놀랐다.

제4장

물론 교회의 자랑스러운 권리, 사제라는 직분이 지닌 신비와 권능을 그에게 강조하는 교장의 목소리가 그에게 반복해서 들렸다. 하지만 그것은 헛된 목소리였다. 그의 영혼은 그 소리를 듣고 그것을 받아들이지 않았다. 그는 이제 자신이 받았던 권유가 부질없는 형식적 이야기로 전락했음을 알았다. 사제의 호소에 담긴 지혜는 그의 마음속 깊은 곳까지 와 닿지 않았다. 그는 다른 이들의 지혜와는 동떨어진 자신만의 지혜를 배워야 할, 이 세상이라는 올가미를 헤매면서 다른 사람의 지혜를 스스로 배워야 할 운명이었다.

이 세상이라는 올가미는 곧 죄의 길이었다. 그는 타락할 것이다. 그는 아직 타락하지 않았지만 어느 순간 소리 없이 일시에 타락해버릴 것이다. 타락하지 않는 것은 너무, 정말로 너무나 어려웠다. 그는 자신의 영혼이 마치 다가올 어느 순간 타락할 것처럼, 조용히 그 길로 접어들고 있음을 느꼈다. 아직 타락하지 않았고 여전히 타락하지 않았지만 이제 막 타락하려는 순간이었다.

그는 좁은 길을 따라 자기 집으로 갔다. 강 위쪽 언덕에 있는 텃밭에서 썩은 양배추의 퀴퀴한 냄새가 풍겨왔다. 그는 바로 이 아버지 집의 무질서와 혼란, 채소들의 부패가 그의 영혼의 싸움에서 승리를 거둔 것이라고 생각하고 미소를 지었다.

그는 빗장도 없는 현관문을 열고 부엌으로 갔다. 그의 형제들과 누이들이 식탁에 앉아 있었다. 식사는 거의 끝나고 차에 적신 빵 껍데기와 덩어리들이 식탁 위에 흩어져 있었다. 부러진 상아 손잡이가 달린 칼 하나가 먹다 남은 파이 한가운데 꽂혀 있었다.

저물어 가는 날의 슬프고 고요한 회청색 빛이 창문과 열린 문을 통해 들어왔다. 그 빛이 스티븐의 가슴에 갑자기 일어난 회한의 본능을 덮으며 조용히 누그러뜨려 주었다. 아버지 어머니의 모습이 안 보이기에 그는 자리에 앉으며 두 분이 어디 가셨느냐고 물었다. 그러자 누군가가 대답했다.

"집을 보러 가셨지롱."

또 이사를 간단 말인가! 학교의 친구 하나가 너희는 왜 그렇게 자주 이사를 가느냐고 놀리듯 묻던 게 생각났다. 얼굴이 찌푸려지고 이마에 그늘이 드러났다.

그가 동생에게 말했다.

"물어보나 마나겠지만 왜 또 이사하는 거야?"

아까 대답했던 누이동생이 말했다.

"집주인이 나가라고 하니까 그렇지롱."

벽난로 저쪽 끝에 앉아 있던 막냇동생이 「고요한 밤이면」이라는 노래를 부르기 시작했다. 한 명씩 노래를 따라 부르더니 모두들 함께 노래를 부르기 시작했다. 그들은 그런 식으로 밤이 찾아올 때까지 노래를 부르곤 했다.

스티븐도 노래를 따라 하려다 그만두고 동생들의 노래에 귀를 기울였다. 동생들의 연약하고 신선하고 순진무구한 목소리에는 피로감이 묻어 있었다. 그는 그것이 고통스러웠다. 삶의 여정을 떠나기도 전에 그는 이미 그 길에 지쳐 있는 것 같았다.

***

그는 더 이상 기다릴 수 없었다. 그는 바이런 주점에서 클롱타르 성당 문까지, 다시 성당 문으로부터 주점까지, 그러고는 다시 성당으로 갔다가 주점까지 왔다 갔다 했다. 아버지가 댄 크로스비 선생과 함께 자신의 대학 진학에 대해 상담을 하러 들어간 지 족히 한 시간이 지났다. 그 시간 동안 그는 왔다 갔다 하면서 기다렸다. 하지만 더 이상 기다릴 수 없었다.

그는 갑자기 '황소 섬' 쪽을 향해 출발했다. 아버지의 날카로운 휘파람 소리가 그를 다시 부를까 두려워 그는 발걸음을 빨리 했다. 얼마 안 있어 그는 경찰 초소 모퉁이를 돌았고 그제야 안심이 되었다.

대학! 그는 이제 유년 시절의 그의 보호자로서 자리를 지키고 서 있던 보초들, 자신을 지켜보면서 자신을 그들에게 종속시키고, 그들에게 봉사하게 만들었던 보초들의 검문을 넘어서게 되는 것이다. 그래, 이제 아버지, 어머니의 삶과 분리되는 거야. 만족감에 이어 자부심이 마치 느린 물결처럼 그를 들어 올렸다. 이제 새로운 모험이 그의 앞에 펼쳐질 것이다.

그는 자기가 거절했던 길, 그가 그 길을 가기 위해 태어났다고 생각했던 직분에 대해 생각해보았다. 소년 시절 내내 그는 그것이 자신의 운명이라고 생각하고 그에 대해 명상했다. 하지만 그 부르심에 복종해야 할 순간이 다가오자 그는 돌아섰고, 흔들리는 본능에 복종했다. 그 사이에 시간이 놓여 있었다. 이제 서품의 성유를 그의 몸에 바르는 일은 결코 없으리라. 그가 거부한 것이다. 왜?

그는 돌리마운트 거리로부터 바다 쪽으로 향했다. 그가 얇은 나무다리를 건널 때 그는 묵직한 구둣발에 판자가 흔들리는 것을 느꼈다. 섬에서 돌아오는 형제 수도회 수사들이 둘씩 짝지어 다리를 건너오고 있었던 것이다. 곧이어 다리 전체가 흔들

리면서 울렸다. 바닷바람에 노랗게, 혹은 붉게, 혹은 검푸르게
된 투박한 얼굴들이 둘씩 그의 옆을 지나갔다. 그는 편한 마음
으로 심드렁하게 그들을 바라보려 했다. 하지만 그의 얼굴에는
개인적 부끄러움과 연민의 빛이 희미하게 떠올랐다. 그는 자신
에게 화가 나서 다리 밑 얕은 물 쪽으로 시선을 돌렸다. 자신의
얼굴과 그들의 얼굴이 마주치는 것을 피하기 위해서였다. 하지
만 그 아래 물에 그들 수도사들의 옷이 비치는 것이 보였다.

히키 수사

퀘이드 수사

매카들 수사

키오 수사

스티븐은 그들의 신앙심은 그들의 이름과 옷과 얼굴과 같은
것이라고, 그들은 자신이 이전에 그랬던 것보다 훨씬 겸허하고
회개하는 마음을 가지고 있으리라고 생각하려 애썼다. 하지만
소용이 없었다. 그들을 향한 마음을 너그럽게 가지려 해보아도,
자신이 교만함을 버리고 거지꼴을 한 채 그들에게 간다면 그들
이 자신을 너그럽게 대해주고 자신을 사랑해줄 것이라고 생각
하려 해도 소용이 없었다. 또한 사랑의 계명은 자기 자신을 사
랑하는 것과 같은 종류의 사랑으로 이웃을 사랑하는 것이라고

자신을 설득하려 해도 소용이 없었다.

그는 자신이 마음속에 소중히 보물처럼 간직하고 있던 구절을 부드럽게 중얼거렸다.

"바다 위에 떠도는 얼룩진 구름의 나날."

그 구절과 그날과 그 광경이 조화를 이루고 있었다. 말들. 이게 바로 그 말들의 빛깔인가? 그는 그것들이 하나씩 잇따라 빛을 발하다가 사라지도록 내버려두었다. 일출의 황금빛, 사과 과수원의 적갈색과 초록색, 파도의 하늘색, 회색 띠를 두른 양털구름의 색. 아니, 그건 그들의 색깔이 아니었다. 그것은 마침표 자체의 균형과 조화였다. 그렇다면 그는 말들의 모양이나 색깔이 연상시키는 것들보다는 그것들 자체의 오르락내리락하는 리듬을 더 좋아했던 것인가? 아니면 그가 소심한 만큼이나 시력도 약해서 다양한 색과 풍부한 이야기를 품은 언어의 프리즘을 통해 빛나는 감각의 세계에서보다는, 명료하고 유연한 산문에 완벽하게 반영되어 있는 개인적인 내적 감정의 세계를 들여다보는 데서 더 흥미를 느꼈던 것일까?

그는 다시 흔들리는 다리에서 단단한 땅 위로 올라섰다. 그는 순간적으로 바다 쪽을 바라보았다. 한바탕 돌풍에 바다가 어두워지며 물결이 일고 있었다. 심장이 희미하게 덜컥했고, 목

제4장

135

에 맥박이 뛰는 것이 희미하게 느껴졌다. 그의 육신이 저 아래쪽 차가운 바다의 냄새를 두려워하고 있음을 그는 다시 알 수 있었다. 그는 왼쪽으로 내려가지 않고 강어귀 쪽을 가리키고 있는 바위 등성이를 따라 곧바로 내려갔다.

강이 바다의 만과 만나는 곳의 잔잔한 회색 물결 위로 구름에 가려진 햇살이 희미하게 비추고 있었다. 멀리 유유하게 흐르는 리피강의 물결을 따라 가느다란 돛대가 하늘을 얼룩지게 하고 있었으며, 더 멀리로 안개 속에 도시의 건물들이 희미하게 펼쳐져 있었다.

다시! 다시! 다시! 이 세상 너머의 목소리가 그를 부르고 있었다.

"안녕, 스테파노스!"

"디덜러스가 오네!"

"아오! 그래, 이리 내놔, 드와이어! 정말이야! 안 그러면 네 주둥이에 한 방 먹일 거야…… 아오!"

"잘한다, 타우저! 물속에 처박아!"

"이리 와, 디덜러스! 부스 스테파누메노스! 부스 스테파네포로스!"

"물속에 처박아! 이제 물을 먹여, 타우저!"

"도와줘! 도와줘! 아오!"

스티븐은 그들의 얼굴을 알아보기도 전에 그들의 말을 한꺼번에 알아들을 수 있었다. 벗은 몸이 젖어 엉켜 있는 모습만 보고도 그의 뼈가 시려왔다. 시체처럼 창백한 몸뚱이들, 혹은 희미한 황금빛이 번져 있는 몸뚱이들, 혹은 햇볕에 벌겋게 그을린 그들의 몸뚱이들은 바닷물에 번들거리고 있었다. 그들의 엉겨 붙은 머리카락은 차가운 소금물에 흠뻑 젖어 있었다.

그는 그들이 부르는 소리를 들으며 가만히 서 있었다.

"스테파노스 다이달로스! 부스 스테파누메노스! 부스 스테파네포로스!"

그들이 놀리는 소리는 그가 늘 듣던 것이었다. 그런데 이제 그 소리가 그의 은밀한 자부심을 추켜세워 주었다. 전에는 한 번도 그런 일이 없었는데, 자신의 이상한 이름이 그에게 예언처럼 들렸다. 따사한 회색 공기는 시간을 벗어나 있는 것 같았고, 그 자신의 기분이 유동적이고 비인격적이 되어, 모든 시대가 그에게 하나로 된 것 같았다. 마치 방금 전 고대 데인 왕국의 유령이 안개에 휩싸인 도시의 외피를 통해 내다보는 것 같았다. 바로 그 전설적인 장인 다이달로스의 이름이 불리자, 그에게는 희미한 파도 소리가 들리는 것 같았고, 날개 달린 형체가 물결 위로 날아올라, 하늘로 천천히 오르는 것이 보이는 것 같았다. 크레타의 미궁을 만들고 아들 이카로스에게 날개를 만들어준 장인(匠人)!

그게 무슨 뜻일까? 예언이나 상징이 적힌 중세의 책에 새겨진 야릇한 문양? 자신이 어린 시절과 소년 시절이라는 안개 속을 거쳐 따라가게 되어 있는 운명에 대한 예언? 자신의 작업을 통해, 이 지상의 추한 물질들을 하늘로 날아오르는, 실체가 없는, 영원불멸의 새로운 존재로 만드는 예술가의 상징?

그의 심장이 떨렸다. 숨이 가빠지면서 마치 태양을 향해 날아오르려는 듯, 그의 사지에 맹렬한 기운이 번져 나갔다. 그의 심장은 두려움의 황홀경에 떨고 있었고, 그의 영혼은 날고 있었다. 그의 영혼은 이 세계 너머 공중으로 날아올랐고, 그가 알고 있던 육신은 단숨에 정화되어 의혹에서 벗어났고, 찬란하게 빛을 내며 그의 정신적 요소와 합쳐졌다. 비상의 황홀경에 그의 눈이 빛을 발했고, 숨결이 거칠어졌으며, 바람을 가르는 그의 사지는 야성적으로 떨리며 빛났다.

"하나! 둘! …… 조심해!"

"오, 이런! 나, 빠졌어!"

"하나! 둘! 셋! 자, 가라!"

"다음! 다음!"

"하나! …… 억!"

"스테파네포로스!"

그는 큰소리로 외치고 싶어, 하늘 높이 떠도는 매나 독수리처럼 외치고 싶어, 자기가 자유롭게 바람을 타고 있음을 사무치듯 외치고 싶어 목이 아플 지경이었다. 그것은 그의 영혼에 대고 외치는 생명의 부름이었지, 이 세상의 의무와 절망에 가득 찬, 따분하고 추잡한 목소리가 아니었다. 거친 단 한순간의 비상이 그를 해방시켰고, 억눌렸던 그의 입술을 통해 나온 승리의 외침이 그의 뇌를 열어젖혔다.

"스테파네포로스! 희생의 제의의 상징!"

밤낮으로 그를 따라다녔던 수치심, 그를 둘러싸고 있던 의혹, 안팎으로 자신을 비하하게 만들었던 수치심, 그것들은 죽은 몸에서 떨어져 나온 수의, 무덤의 옷가지에 불과한 것이 아닌가!

그의 영혼은 수의를 벗어버리고 소년 시절의 무덤에서 솟아나왔다. 그렇다! 그래, 정말 그렇다! 그는 자신과 같은 이름을 가진 위대한 장인 다이달로스와 마찬가지로, 자신의 영혼의 자유와 힘으로, 아름답고 실체가 없으며 영원불멸의 새로운 생명체를 당당하게 창조해내리라.

그는 자신의 혈관에서 타오르는 불꽃을 억제할 수 없어, 앉아 있던 바위에서 벌떡 일어섰다. 두 볼이 화끈거렸고, 목구멍은 노래가 튀어나올 것처럼 요동쳤다. 그의 두 발은 지구 끝까지 방황해보고 싶은 강렬한 욕망을 느끼고 있었다. 가자! 가자! 그의 심장이 외치는 것 같았다. 바다 위로 저녁이 깊어지고 평원 위로 밤이 찾아오리라. 새벽빛이 방랑자의 앞길을 희미하게 비추고 그에게 낯선 들판과 언덕과 얼굴들을 보여주리라. 어디?

잠시 후 그는 바위 사이에서 작은 막대기 하나를 집어 들고 맨발로 방파제 경사면을 따라 내려갔다. 그는 해변의 작은 개울을 따라 천천히 거슬러 올라갔다. 따뜻한 회색 공기는 고요했으며, 새로운 야성적 생명이 그의 혈관에서 노래하고 있었다.

이제 그의 소년 시절은 어디에 있는가? 자신의 영혼이 입은 수치(羞恥)에 대해 곰곰 생각하며 자신의 운명 앞에서 뒷걸음질 치던, 그 영혼은 어디에 있는가? 누추한 영혼의 거처에서 빛바랜 수의를 입은 채, 금방 시들어버릴 화관을 쓰고 왕 노릇을 하던 그의 영혼은 어디에 있는가? 그는 어디에 있는가?

그는 혼자였다. 그는 무시되고 있었지만 행복했으며 야성적 생명의 심장부에 가까이 있었다. 그는 혼자였고, 젊었으며, 의지가 충만해 있었고 야성적이었다. 그는 거친 공기, 소금기가 잔뜩 밴 물, 조개나 해조류들, 구름에 가려진 흐릿한 햇살 사이에서 혼자였고, 알록달록한 가벼운 옷을 입은 소년들과 소녀들 가운데서, 공중을 떠도는 소년들과 소녀들 목소리 가운데서 혼자였다.

한 소녀가 그의 앞쪽 개울 한가운데 서서, 조용히 바다를 바라보고 있었다. 그녀는 마치 마법에 의해 낯설고 아름다운 바닷새처럼 변한 것 같았다. 그녀의 길고 가느다란 맨다리는 마치 학의 다리처럼 섬세했으며, 살갗에 기호라도 새겨 넣은 듯 에메랄드빛 해초가 다리를 감싸고 있는 곳을 빼고는 티 없이 깨끗했다. 부드러운 상아색의 풍만한 허벅지는 거의 엉덩이까지 드러나 있었고, 속옷 가장자리 장식은 부드러운 흰 솜털 것 같았다. 또한 그녀의 짙은 회청색 치마는 대담하게 허리까지 걷어 올려져 뒤쪽으로 묶여 있었다. 가슴은 마치 새가슴처럼 부드럽고 자그마했다. 그러나 그녀의 긴 금발 머리는 소녀다웠다. 소녀다운 그녀의 얼굴에서 스티븐은 인간의 아름다움에서 느낄 수 있는 경이를 느낄 수 있었다.

그녀는 홀로 조용히 서서 바다를 응시하고 있었다. 그녀가 그의 존재와 그의 눈에 담긴 경탄의 표정을 느끼자, 그녀의 시선이 조금의 부끄러움과 방자함도 없이 그의 응시를 그대로 받

제4장

141

으며 그에게로 향했다. 그녀는 오랫동안 그의 응시를 그대로 견디다가 조용히 그로부터 눈길을 돌렸다. 그녀는 개울물을 내려다보며 한쪽 발로 개울물을 이리저리 휘저었다. 부드럽게 물을 휘젓는 소리가 마치 잠결에 들리는 종소리처럼 처음으로 침묵을 깨뜨렸다. 희미한 불꽃이 그녀의 뺨에서 흔들렸다.

"오! 하느님 맙소사!" 속된 기쁨이 폭발하면서 스티븐의 영혼이 외쳤다.

그는 갑자기 그녀에게서 몸을 돌려 해변을 가로지르기 시작했다. 두 볼이 화끈거렸다. 몸이 불타고 있었다. 사지는 떨렸다. 그는 모래밭 저 멀리로, 바다를 향해 미친 듯 노래를 부르며, 그를 향해 고함을 지르며 출현한 새 삶을 맞이하기 위해 소리를 외치며 앞으로, 앞으로, 앞으로, 앞으로 계속 걸었다.

그녀의 이미지가 그의 영혼으로 영원히 들어왔고, 그 어떤 말도 그가 취해 있는 황홀경의 거룩한 침묵을 깰 수 없었다. 그녀의 눈은 그를 부르고 있었고, 그의 영혼은 그 부름에 날뛰었다. 살고, 실수하고, 추락하고, 승리하고, 삶으로부터 삶을 재창조하는 것! 야성의 천사, 인간의 젊음과 아름다움을 지닌 천사가, 삶이라는 아름다운 궁전에서 보내온 천사가 그에게 나타나 황홀경에 빠진 순간에 과오와 영광에 이르는 문들을 그에게 열어젖혀 준 것이다. 가자, 가자, 가자, 가자!

그는 갑자기 멈춰 서서, 조용히 심장에 귀를 기울였다. 얼마나 멀리 걸어왔을까? 지금 몇 시나 되었을까?

가까운 곳에 아무도 없었고 아무 소리도 들려오지 않았다. 그러나 곧 조류가 바뀌려 하고 있었고 해는 저물어 있었다. 그는 육지 쪽으로 방향을 틀고 해변을 달려갔다. 그리고 덤불이 자라고 있는 모래 언덕 사이 구석진 모래밭에 누워서, 핏속에 들끓는 기운을 가라앉혔다.

그는 자기 위쪽에서, 저 광활하고 무심한 하늘을, 천체의 조용한 움직임을 느꼈다.

그는 나른하게 졸음을 느끼며 눈을 감았다. 그의 눈꺼풀은 마치 지구의 거대한 자전 운동을, 그 자전 운동을 바라보는 천체를 느끼듯이, 어떤 새로운 세상의 신기한 빛을 느끼듯이 바르르 떨렸다. 그의 영혼은 정신을 잃어가면서 그 어떤 새로운 세상, 마치 바다 밑처럼 환상적이고 희미하며, 불확실한 세상으로 빠져들고 있었다. 하나의 세상, 하나의 빛, 혹은 한 송이 꽃? 반짝이며 떨리고, 떨리면서 펼쳐지는, 그러면서 터지는 빛 혹은 피어나는 꽃처럼 그것은 스스로 끊임없이 펼쳐지고 있었다. 짙은 선홍색으로 터지고 펼쳐졌다가, 파리한 장미색으로 시들고, 한 잎, 한 잎, 빛의 한 줄기 한 줄기가 점점 그 색이 진해지면서 부드러운 홍조로 하늘 전체를 물들였다.

그가 깨어났을 때는 저녁이었다. 그가 누워 있던 모래와 마른 풀들은 더 이상 달아오르지 않았다. 그는 천천히 일어나 그 잠의 환희를 회상해내고는 그 기쁨에 한숨을 내쉬었다.

그는 모래 언덕 꼭대기에 올라 주변을 둘러보았다. 저녁이었다. 초승달의 테두리가 흐릿하게 펼쳐진 지평선을 가르고 있었다. 밀물이 나지막하게 속삭이며 빠르게 육지를 향해 밀려오고 있었다.

『젊은 예술가의 초상』을 찾아서

　　제임스 조이스(James Joyce, 1882~1941)의 『젊은 예술가의 초상』을 읽고 여러분은 이제까지 읽은 소설들과 뭔가 다르다는 느낌, 낯선 느낌을 받았을 것이다. 한 권의 소설을 펼치면서 우리는 소설의 시대적·공간적 배경에 대한 설명이 나온 후 인물이 등장하기를 기대한다. 그런 후 그 인물을 중심으로 사건이 벌어지고 이야기가 차근차근 전개되기를 기대한다. 또한 대개의 경우 그 이야기들은 분명 일정한 맥락을 지니고 이어진다. 우리가 읽은 대부분의 소설들이 그러했다.

　　그런데 『젊은 예술가의 초상』은 처음부터 다르다. 아버지가 들려주던 옛날이야기가 잠깐 나오는가 싶더니, 느닷없이 '침대에서 오줌을 싸면 처음엔 뜨듯하지만 이내 차가워진다'는 이야기가 나오고 이어서 어머니가 거기 깔아준 기름종이 냄새가 아주 이상하다는 엉뚱한 이야기가 나온다. 이야기가 연결되지 않고 그냥 장면, 장면을 툭툭 던져놓는 것 같다.

페이지를 넘겨도 계속 그런 식이다. 찰스 작은할아버지와 작은할머니, 이웃 밴스네 이야기, 야단맞고 식탁에 숨은 이야기가 아무 연관도 없이 이어진다.

바로 이 기법이 제임스 조이스에게 소설사에서 획기적 전기를 마련한 작가라는 평가를 내리게 해준 '의식의 흐름' 기법이다. '의식의 흐름' 기법을 교과서적으로 설명하자면 머리에 생각이 떠오르는 대로 거침없이 서술하는 방식이라고 알면 된다. 등장인물의 머릿속에 떠오르는 생각, 기억, 자유 연상, 마음에 스치는 느낌을 그대로 적는 기법인 것이다. 그래서 읽기가 영 불편하고 난해하다. 그런데 제임스 조이스는 왜 그런 기법을 사용해서 읽기 불편한 작품을 쓴 것일까? 그리고 왜 그가 현대 많은 작가에게 영향을 미치게 된 것일까?

제임스 조이스를 현대 모더니즘의 선두 주자로 만든 '의식의 흐름'의 기법은 한마디로 말한다면 자신의 내면을 자세히 들여다보고 그것을 표현하는 기법이다. 좀 어려운 표현을 쓰면 '심리적 사실주의' 기법이다. 그렇다면 금세 질문이 생길 수 있다.

예술가라면 다 자신의 내면을 들여다보기 마련 아닌가? 자신의 내면의 소리를 작품으로 만들어서 사람들에게 감동을 주는 게 예술가가 아닌가? 그런데 사정이 그렇게 간단하지 않다. 예술가가 내는 내면의 목소리가 별로 감동을 주지 못하는 세상이 되었기 때문이다.

한번 찬찬히 살펴보자. 저 옛날 그리스 시대 호메로스가 사람들 앞에서 열심히 영웅들 이야기를 하면 사람들은 눈물 흘리며 감동을 받았고, 환호했다. 고전주의 시대 사람들은 작가들의 연극을 감상하면서 '어쩌면 저렇게 내 마음을 절묘하게 표현했지?', '정말 너무 그럴 듯해'라고 감탄했다. 또한 사실주의 소설이나 자연주의 소설은 작가가 몸담고 있는 사회를 객관적으로 보여준다는 의도를 품고 있었다. 가장 주관적이라고 할 낭만주의 작가들까지도, 그들이 꾸는 꿈, 그들이 그리는 이상에 많은 사람들이 감동하며 갈채를 보냈다.

그 모든 예술가는, 자신이 추구하는 바가 어떤 것이었건, 자기가 몸담고 있는 시대 사람들의 갈채를 받았다. 동시대 사람들이 추구하고 있는 가치와 예술가가 소중히 여기는 가치 사이에 그다지 괴리가 없었다. 그 시대 예술가들은 예술가로서의 재능을 발휘하기만 하면 되었다. 예술가 개인이 지닌 가치, 꿈과 그가 몸담고 있는 사회의 사람들이 보편적으로 추구하는 가치와 이상 사이에 괴리가 적었기 때문이었다. 그때 예술가의 재능은 축복받은 재능이 되고 예술가는 행복할 수 있었다.

그런데 그게 어긋나기 시작했다. 간단하게 말하면 세상에서 꿈이 사라졌다. 세상이 점점 기계화되고 각박해지면서 '꿈이 밥 먹여주나?', '이 세상에 예술이 무슨 필요 있어?'라는 생각을 대부분의 사람이 갖기 시작했다. 예술가가 발휘하는 상상력이나 그가 지닌 꿈이 아무 쓸모없는 것처럼 여기는 사람들이 많아지기 시작했다. 꿈이 존재하지 않는 세상이 되고, 꿈을 비웃는 세상이 되었다. 그러니 예술가가 되려는 사람들은 재능을 마음껏 발휘하면서 행복을 느낄 수 없게 되었다. 행복은커녕 예술가의 재능과 꿈이 오히려 거추장스러운 세상이 되었다. 그래서 프랑스의 보들레르 같은 상징주의 시인은 스스로를 '저주받은 시인'이라고 불렀다. 드높은 이상을 향해 펄럭이는 자신의 꿈의 날개가 오히려 이 땅에서 걷는 것조차 방해한다고 읊었다. 이 속물스러운 세상에서 예술가의 이상을 향한 꿈은 오히려 자신을 비참한 존재로 만든다는 것, 그 상황에서 과연 예술가라는 존재가 무엇인지 스스로 물어보고 내린 잠정적 결론이기도 하다.

예술가는 이제 자신의 재능을 마음껏 발휘하는 것만으로는 자신의 존재 이유를 찾을 수 없다. 그 전에 예술가는 물어야 한다. 내가 이런 세상에서도 예술가가 되어야 하나? 아니, 도대체 예술이 뭐지? 예술가가 된다는 것은 무슨 의미가 있지? 나는 도대체 왜 예술가가 되려고 하지? 당연히 그런 나를, 나의 내면을 찬찬히 들여다보는 일이 뒤따르게 된다. 전에는 없던 일이다. 그렇게 질문에 사로잡힌 예술가 앞에 분명한 것이 딱 한 가지 있다. 이제 예술가가 된다는 것은 사람들의 꿈을 대신하는 일이 될 수 없다는 것, 세상을 제대로 바라보면서 사람들의 대변인 노릇도 할 수 없다는 것이다. 이제 더 이상 그들 마음에 드는 이야기를 그럴 듯하게 꾸며낼 수는 없다는 것이다.

따라서 꿈이 상실된 시대, 예술가가 더 이상 대접을 받을 수 없는 시대에 예술을 한다는 것은 이전과 그 의미가 전혀 다를 수밖에 없다. 이전과 같은 생각으로 이전과 같은 작품을 만들 수 없다. 새로운 예술을 해야 한다. 그건 세상이 바뀌었으니 예술도 그렇게 바뀐 세상에 적응해서 바뀌어야 한다는 뜻이 아니다. 만일 그 정도에서 그친다면 그건 이전의 예술과 다를 바가 없다. 새로운 예술을 해야 한다는 뜻은 예술이 세상과 화합하기 어렵게 된 세상에서, 이전과는 완전히 다른 예술가가 되고 예술이 되어야 한다는 뜻이다. 이전에 존재하지 않던 새로운 예술가가 될 수밖에 없다는 뜻이다. 새로운 예술가의 세계를 창조해야 하고 새로운 예술을 창조해야 한다. 제임스 조이스의 '의식의 흐름'의 기법은 그래서 탄생한 것이다. 그 기법은 단순히 새로운 소설적 기법이 아니다. 이전과는 다른 새로운 예술가의 길을 걸어가려는 사람이 힘들게 개척한 새로운 길이다. 그 길은 개척의 길이고 고독한 길이다. 하지만 많은 후대 예술가들에게 기대와 기쁨을 주는 길이기도 하다. 인간 사회가 존재하는 한 예술가의 꿈은 언제나 존재하기 때문이다.

『젊은 예술가의 초상』은 작가 자신이 예술가로 성장하기까지의 과정을 유년기까지 거슬러 올라가 보여주는 소설이다. 그러나 그 과정은 기존의 성장소설, 교양소설과 다르다. 기존의 교양소설이었다면, 그가 예술가가 되기까지 영향을 주었던 인물, 사건, 교육 등에 초점을 맞추어 이야기가 전개되었을 것이다. 하지만 이 소설은 거기에 초점이 맞추어져 있지 않다. 초점은 지금 예술가가 된 자신의 내면의 풍경에 맞추어져 있다. 그리고 유년기의 경험들 중에서 자신의 내면에 떠오르는 사건들, 지금도 지워지지 않는 사건들을 마치 이미지처럼 단편적으로 보여줄 뿐이다. 게다가 그렇게 무의식적으로 떠오르는 생각들을 다듬거나 의도적으로 재구성하지 않고 그대로 서술한다. 그래서 장면 장면들이 단편적이고 논리도 없다.

왜 그런 방법을 썼을까? 조금 어렵게 표현해보자. 예술가로서 나의 참모습은, 살아오면서 겪은 것들을 의도적으로 재구성하는 '나'에 있는 게 아니라, 그렇게 무의식적으로 드러난 '나'에 있다고 생각했기 때문이다. 작가의 예술가로서의 참모습은 작가가 한 인간으로서 겪은 외적인 사건, 경험들에 들어 있는 게 아니라, 그런 단편적인 이미지를 통해 나타나는 자신의 무의식 속에 들어 있다고 생각했기 때문이다. 그것이 조이스가 자유 연상의 기법, 혹은 의식의 흐름의 기법을 이 작품에서 사용한 이유이다. 그건 단순히 새로운 기법이 아니라, 자신의 내면에서 예술가로서의 참모습을 찾으려는 조이스가 걷게 된 필연적인 길이기도 하다. 외부에서 주어진 모든 가치를 거부하고 자신의 내면에 귀를 기울여야만 하는 현대 예술가가 걸어야만 하는 길. 따라서 제임스 조이스의 『젊은 예술가의 초상』은 조이스 자신의 초상이면서 현대 예술가들의 초상이 된다. 아주 불편한 초상! 그러나 그래도 들여다보아야만 하는 그런 초상!

『젊은 예술가의 초상』은 기존의 소설처럼 줄거리나 메시지가 확실한 소설은 아니다. 하지만 '예술가란 무엇인가?'라는 커다란 질문이 주인공으로 자리 잡고 있는 소설이라는 생각으로 다시 읽어보면 그 답은 너무나 명료하게 드러난다. 예술가란 자기 마음속 환영을 좇는 사람이다. 손으로 잡히지 않는 환상을 좇는 사람이다. 그에 비해 다른 목소리들은 모두 공허하다고 느끼는 사람이다. 다른 사람들이 다 중요하다고 하는 것도, 다 옳다고 하는 것도, '그게 아닌데……'라고 고개를 갸우뚱하면서 자기 마음속에서 울리는 목소리에 귀를 기울이는 사람이다. 그래서 예술가는 고독할 수밖에 없다. 하지만 그는 결국 이렇게 외칠 수 있게 된다.

그것은 그의 영혼에 대고 외치는 생명의 부름이었지, 이 세상의 의무와 절망에 가득 찬 따분하고 추잡한 목소리가 아니었다. 거친 단 한순간의 비상이 그를 해방시켰고, 억눌렸던 그의 입술을 통해 나온 승리의 외침이 그의 뇌를 열어젖혔다. (……)
그의 영혼은 수의를 벗어버리고 소년 시절의 무덤에서 솟아나왔다. 그렇다! 그래, 정말 그렇다! 그는 자신과 같은 이름을 가진 위대한 장인 다이달로스와 마찬가지로, 자신의 영혼의 자유와 힘으로, 아름답고 실체가 없으며 영원불멸의 새로운 생명체를 당당하게 창조해내리라.

(139쪽)

　제임스 조이스는 1882년 2월 아일랜드 더블린 남쪽 교외 라스가에서 아버지 존 스타니슬로스 조이스(John Stanislaus Joyce)와 어머니 메리 제인 조이스(Mary Jane Joyce)의 장남으로 출생했다. 모두 15남매였으며 그중 10명만이 살아남았다. 가정 형편이 나빠지자 11세 되던 해 더블린으로 이사해 이곳저곳으로 옮겨 다니기 시작했고, 작품에 나오듯 클론고우즈 학교에서 벨비디어 학교에 장학생으로 진학하게 된다. 학교에 다니면서부터 백일장에서 최우수상을 받는 등 문재를 자랑하던 그는 20세 이전에 시를 썼으나 출판을 거절당했다. 22세 되던 해에 「예술가의 초상」이라는 미학에 관한 산문을 썼으나 역시 잡지 등재를 거절당하고 제목을 『스티븐 히어로(Steven Hero)』로 바꾸어 장편소설로 개작하려 했다. 그는 그 후 약 5년 동안 『더블린 사람들』에 속하는 여러 단편들을 쓰느라 『스티븐 히어로』의 집필을 중단한다. 그리고 1908년부터 『스티븐 히어로』의 개작에 착수해서 1914년 「에고이스트」지에 작품명을 『젊은 예술가의 초상』으로 바꾸어 연재하고 1916년 뉴욕에서 우선 출간한다. 『젊은 예술가의 초상』은 런던에서 1917년 출간됐고, 그해에 그는 그의 명성을 드높인『율리시스』의 세 장(章)을 완성한다.

1920년 가족과 함께 파리로 이사한 그는 1922년 파리에서 『율리시스』를 출간했다. 오디세우스의 영어 이름인 율리시스는 호머의『오디세이아』에서 그 제목을 따왔지만 내용은 오디세이의 화려한 모험과는 거리가 멀다.『율리시스』는 아일랜드의 수도인 더블린을 배경으로 하루에 일어난 사건을 묘사하고 있다. 하지만 소설에는 20세기 초 유럽의 대도시에서 볼 수 있는 수많은 인물이 등장하며 그 안에는 한마디로 모든 것이 담겨 있다고 사람들은 말한다. 호메로스의 서사시에서 오디세우스가 10년 내내 표류한 것과는 달리 조이스의 소설『율리시스』에서 주인공은 단 하루 만에 오디세우스가 경험한 것을 모두 해치운다. 앞서 우리가 살펴보았던 의식의 흐름의 기법 때문이다.『젊은 예술가의 초상』에서 예술가 자신의 정체성을 세우기 위해 선을 보였던 의식의 흐름의 기법이『율리시스』에서는 완전히 만개해서, 그 기법을 통해 조이스는 세계 전체를 작품 등장인물들의 내면으로 옮겨 놓는다. 그리고 그로 인해 조이스는 현대 문학사에 우뚝 선 거봉으로 남을 수 있게 되었고 사뮈엘 베케트 같은 작가에게 지대한 영향을 미친다. 그가 전환점을 마련한 작가이면서 우뚝 선 봉우리라는 평가를 받는 것은 바로 『율리시스』 덕분이다.

참고로 하나만 덧붙이자.

『젊은 예술가의 초상』은 모두 다섯 장으로 구성되어 있다. 하지만 여기서는 4장까지만 번역했다. 주인공의 대학 시절 모습을 그리고 있는 5장은 앞장의 결말을 일상생활에서 확인하고 있는 정도로 보이며, 너무 관념적이고 당대적인 이야기들로 이루어져 있다고 판단했기 때문이다. 내 판단이 옳은지 그른지는 독자들의 판단에 맡긴다.

젊은 예술가의 초상

생각하는 힘: 진형준 교수의 세계문학컬렉션 85

펴낸날	**초판 1쇄 2023년 4월 10일**

지은이	**제임스 조이스**
옮긴이	**진형준**
펴낸이	**심만수**
펴낸곳	**(주)살림출판사**
출판등록	**1989년 11월 1일 제9-210호**

주소	**경기도 파주시 광인사길 30**
전화	**031-955-1350** 팩스 **031-624-1356**
홈페이지	**http://www.sallimbooks.com**
이메일	**book@sallimbooks.com**

ISBN	**978-89-522-4724-7 04800**
	978-89-522-3984-6 04800 (세트)